초판 1쇄 인쇄 | 2022년 8월 10일
초판 1쇄 발행 | 2022년 8월 18일

지은이 | 전건우·배명은·문화류씨·이현구
펴낸이 | 박영욱
펴낸곳 | 북오션

경영지원 | 서정희
편　　집 | 고은경·조진주
마 케 팅 | 최석진
디 자 인 | 민영선·임진형
SNS마케팅 | 박현빈·박가빈

주　　소 | 서울시 마포구 월드컵로 14길 62 북오션빌딩
이메일 | bookocean@naver.com
네이버포스트 | post.naver.com/bookocean
페이스북 | facebook.com/bookocean.book
인스타그램 | instagram.com/bookocean777
전　　화 | 편집문의: 02-325-9172　영업문의: 02-322-6709
팩　　스 | 02-3143-3964

출판신고번호 | 제 2007-000197호

ISBN 978-89-6799-699-4 (03810)

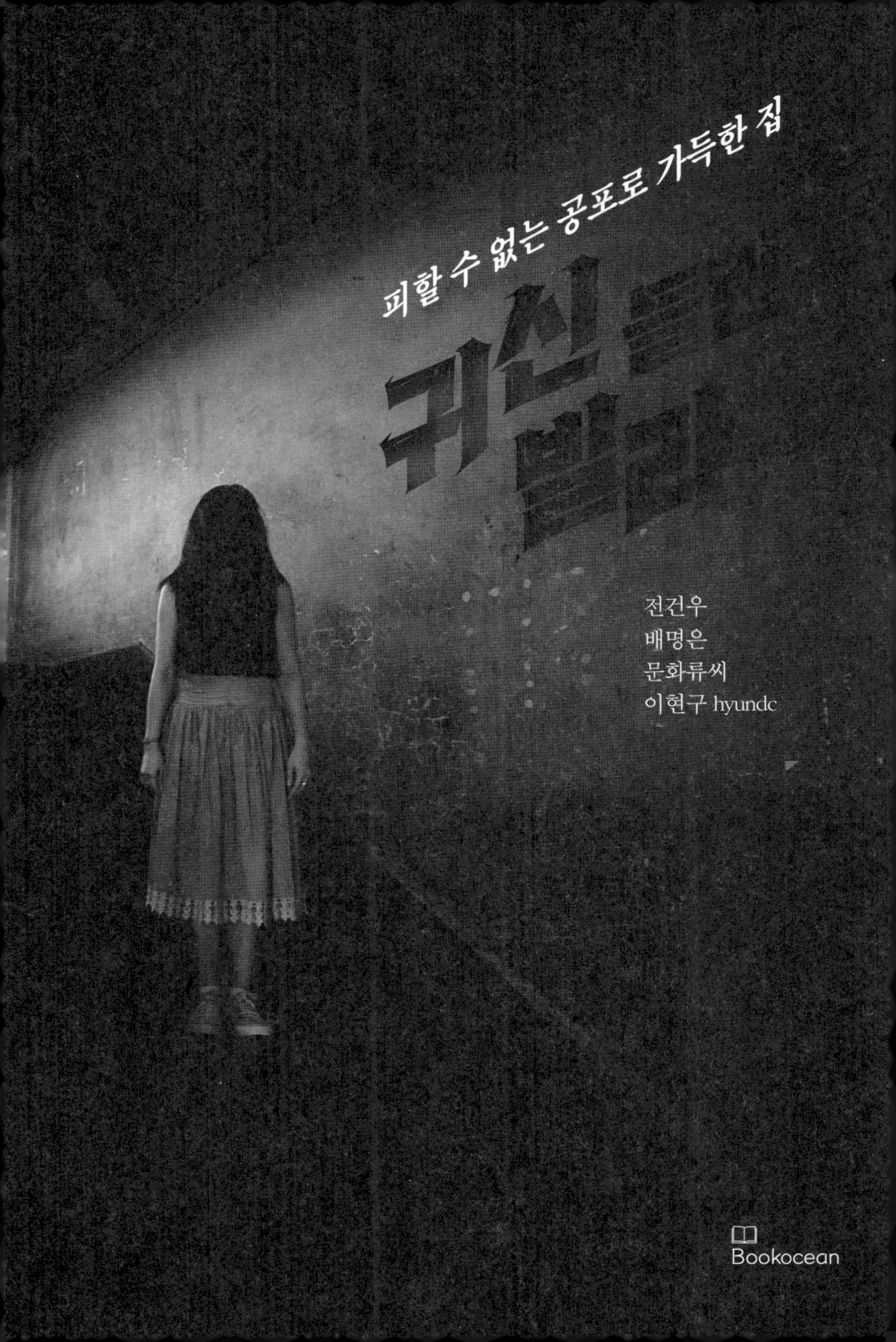

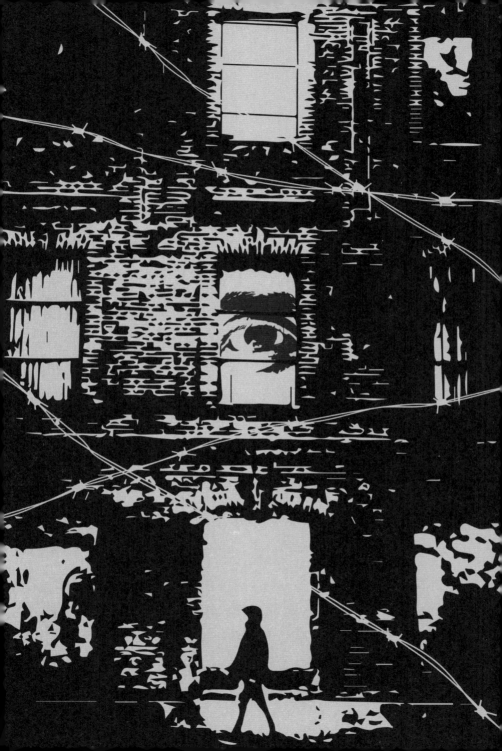

차례

귀신 들린 빌라

전건우

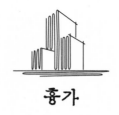

흉가

흉가에 살았던 사람들을 취재해 보자는 아이디어를 낸 이는 유튜브 채널 '오싹한 밤'의 박 피디였다. 나는 '오싹한 밤'에 여러 번 출연한 인연으로 박 피디와 종종 연락을 하며 지냈다. 원체 아이디어가 많은 박 피디는 좋은 방송 소재가 떠오를 때마다 내게 전화를 해 의견을 묻곤 했다. 이번에도 마찬가지였다. 박 피디는 특유의 높고 가느다란 목소리로 자기 생각을 열심히 이야기했다.

"전 작가님. 흉가라고 하면 그 집 자체에 주목하기 마련인데 이번 기획은 좀 달라요. 흉가에 살았던 사람들의 생생한 증언을 영상에 담는 거죠. 인터뷰 장소도 해당 흉가로 하면 분위기도 확 살지 않을까요? 물론 인터뷰는 전 작가님이 해 주시고. 하하."

지금껏 공포 소설을 써 오면서 소위 말해 심령 스폿이라 하는 곳들을 두루 둘러봤다. 그중에는 여러 흉가도 있었는데, 아무리 이름난 흉가라 해도 막상 가보면 별것 아닌 곳들이 많았다. 게다가 그 흉가에 얽힌 사연이 부풀려지거나 아니면 아예 거짓인 경우도 허다했다. 그럼에도 몇몇 집은 진짜였다. 실제로 불가사의하고 끔찍한 일이 벌어졌고, 그 탓에 흉가가 된 집이 엄연히 존재하는 것이다. 바로 그런 곳에 거주했던 사람들의 이야기를 듣는다는 건, 현실성 있는 공포를 전달한다는 측면에서도 꽤 흥미로운 기획 같았다.

"좋은데요? 그 흉가에 살았던 사람들 섭외에만 성공한다면 재미는 확실히 보장될 것 같아요."

내가 좋다고 말하자 박 피디는 신이 난 듯 더 빠르게 말을 했다.

"섭외는 저희 쪽에서 책임을 지겠습니다. 대신에 작가님께서는 진짜 무시무시한 흉가 하나만 골라주세요. 아무래도 그런 건 작가님이 저희보다 훨씬 더 잘 아실 테니."

그건 사실이었다. 내게는 그런 쪽의 정보나 자료가 많았다. 직접 방문해 본 곳도 있고, 믿을 만 한 사람의 제보를 받은 곳도 있었다. 인터넷에조차 정보가 없고 그 지역 사람들 입으로만 전해오는 진짜 흉가 몇 곳도 알고 있었다.

"알겠습니다. 그럼 제가 한 곳을 정해 보겠습니다."

나는 전화를 끊은 후 바로 고민에 들어갔다. 내가 조사한 바,

정말로 흉가라 부를만한 곳은 세 가지 특징을 가지고 있었다. 첫째, 버려진 집이 되기 전에도 끊임없이 사고가 일어났다. 둘째, 해당 집은 물론이고 그 근처에서도 영적인 존재가 목격되었다. 셋째, 그곳에 자주 드나든 사람에게는 안 좋은 일이 생겼다.

이 특징을 모두 가진 데다 실제 끔찍한 사건이 일어나 버려지게 된 흉가 하나를 나는 어렵게 찾아냈다.

그곳이 바로 ○○시의 '화평 빌라'였다(혹시 모를 사고를 막기 위해 빌라 이름을 바꿨다).

내가 화평 빌라의 존재를 안 것은 1년 반 전이었다. 평소 내 작품을 좋아했던 독자가 메일로 제보를 해 준 것이다. 그때의 메일 제목이 참 인상적이었다.

- 귀신 들린 빌라가 있습니다!

내용은 더 재미있었다. 자신이 사는 동네에서 빌라 화재 사고가 발생했고 주민 셋이 죽고 말았다. 빌라는 철거되지 않은 채 불에 탄 모습 그대로 서 있는데 그곳에서 귀신 목격 사례가 줄을 잇는다는 것이 제보의 핵심이었다.

나는 검색을 통해 해당 빌라에 화재가 발생했다는 것, 그리고 인명 피해가 있었다는 것을 확인했고 제보자와 통화를 해 자세한 상황도 알아두었다. 그때는 당장이라도 그곳에 달려가려 했는데 건강이 나빠지기도 했거니와 화평 빌라에 가려고 계획만 세우면 돌발 상황이 발생하곤 해서 결국 목적은 이루지 못했다.

어떻게 보면 화평 빌라는 이번 기획의 취지에 가장 적합한 흉가일 확률이 높았다. 내가 화평 빌라 이야기를 하자 박 피디는 대번에 찬성했다.

"그럼 가시죠! 작가님이랑 저, 이렇게 둘만 가면 될 듯해요."

이번에는 모든 것이 순조롭게 진행됐다. 화평 빌라가 있는 동네의 오래된 부동산을 통해 입주민들을 섭외하는 데 성공했고, 나도 컨디션에 딱히 문제가 없었다.

그리하여 나와 박 피디는 폭염이 절정을 향해 치닫던 7월 중순에 ○○시의 화평 빌라로 향하게 되었다.

그때는 몰랐다.

거기에…… 지독하고 끔찍한 진실이 숨어 있을 줄은.

보금자리 부동산

화평 빌라? 말도 마. 거긴 터부터가 잘못 됐어.

내가 이 동네에서만 20년 넘게 부동산을 했어. 여기서 제일 오래 됐다니까. 잘 알겠지만, 한 자리에서, 그것도 부동산 일을 20년이나 하다 보면 동네 사정에 훤할 수밖에 없다니까. 안 그렇겠어? 이런 소문, 저런 소문 다 듣게 마련이야. 화평 빌라도 마찬가지야. 그거 세워질 때도 동네에 온갖 이상한 소문이 다 돌았거든. 내가 그 소문들 죄다 다 알고 있다니까!

잠깐만. 물 한 잔 마시고. 어휴. 화평 빌라 이야기하려니까 속이 다 타네.

그런데…… 유튜버라고 했지?

아! 이쪽은 소설가 양반이고, 그쪽이 유튜버구먼.

아무튼, 그거 말이야, 돈이 좀 되나? 나야 주워들은 게 다지

12

만 조회수 높고 그런 영상은 돈을 꽤 많이 벌어다 준다며? 흐음. 신기한 세상이야. 그러니까 그 흉흉한 빌라에 굳이 가려는 것도 영상 찍어서 돈 벌려는 거 아냐? 나야 뭐, 그쪽이 몇 푼 쥐어준 다니까 이런저런 얘기도 해 주고 사람들도 연결해 주고 그러는데 한 가지 명심해야 할 건 있어. 위험한 곳에는 안 가는 게 좋다니까. 둘 다 젊어서 겁이 없어 그런 가 본데, 사고가 계속 터지는 곳에는 그만한 이유가 있고 자꾸 가까이 가다 보면 안 좋은 기운에 휩쓸리게 되지.

뭐? 소설가 양반은 전국에 있는 흉가 중 안 가 본 곳이 없다고? 어이구, 담이 세네. 하긴 그 정도 되니까 화평 빌라까지 찾는 거겠지. 어쨌든, 나는 이야기 좀 들려주고 거기 살았던 사람들 모아다 주는 정도에서 손을 뗄 거니까 그렇게 알라고. 그 근처에는 얼씬도 안 할 거야. 굳이 내가 따라갈 필요도 없겠지만 말이야.

그래, 다시 화평 빌라 이야기로 돌아와서 몇 마디를 더 하자면 바로 이런 거야. 이 동네가 빌라촌으로 개발된 게 불과 10년 전이란 거지. 그 전에는 뭐 죄다 허허벌판이었고 논밭뿐이었다니까. 여기에 지하철역이 들어선다고 소문이 돌면서 본격적으로 빌라들이 세워지기 시작했지. 땅값도 미친 듯이 올랐다니까. 손바닥만 한 빈 땅이라도 있으면 일단 사서 건물을 짓고 하여간 난리도 아니었어. 그런데 말이야, 화평 빌라 터만은 계속 빈 땅이었어. 아니지. 엄밀히 말하자면 빈 땅은 아니었지. 거기 무당 집 하나가 서 있었으니까 말이야.

그 무당 집이 그냥 빈 건물이었느냐 하면 그게 아니었어. 거기서부터 문제였던 거야. 당시에도 그 집은 폐가가 된 지 몇 년이 흐른 상태였거든. 왜 멀쩡하던 무당 집이 폐가가 되었냐, 그게 또 참 꺼림칙한데, 그 집에서 점보고 굿하던 무당이 꽤 용했거든. 그런데 신을 잘못 섬긴 건지 아니면 그냥 병이 든 건지 미치고 말았던 거야. 미쳐서는 동네방네 소리를 지르고 다니면서 저주 같은 걸 퍼부었지. 어휴, 생각하기도 싫네. 나도 몇 번 마주친 적이 있는데 검은색 한복 차림에다가 화장을 진하게 하고서는 눈을 번득이며 잰걸음으로 돌아다니는데 그 모습만으로도 오싹했다니까. 그러다가 자기하고 눈이라도 마주치면 입에 담지도 못할 험한 말을 하면서 온갖 안 좋은 이야기를 해대니 동네 사람들이 어찌 견뎌? 결국 뭐가 어떻게 된 건지는 모르겠는데 경찰인지 정신병원인지에서 그 무당을 데리러 왔나 보더라고. 무당은 문도 안 열어주고 한사코 버텼는데 몇 시간 안 지나서 그 집 안방에서부터 불길이 치솟았지 뭐야. 무당이 완전히 돌아가지고 자기 손으로 불을 지른 거야! 그때 목격한 사람들 말에 따르면 불에 활활 타면서 무당이 덩실덩실 춤을 추더래. 무당은 그렇게 타죽었는데 의외로 집은 전소되는 걸 면하고 남아 있게 된 거지. 그때부터 근처에서 귀신을 봤다니, 무당 웃음을 들었다느니, 방울소리가 밤마다 울려 퍼진다느니 하여간 섬뜩한 소문이 계속 돌았다니까.

생각해 봐. 그런 터가 팔릴 리가 있나? 그런데 참 돈이라는 게 신기한 것이, 결국 제일 마지막까지 남아 있던 그 땅도 끝내는 팔렸고 바로 거기에 화평 빌라가 들어선 거야. 동네 사람들은 흉가가 싹 허물어져서 좋다고도 했지만 한편으로는 걱정도 했어. 왜 아니겠어? 미친 무당이 자살한 터가 좋을 리가 없잖아!

아니나 다를까, 화평 빌라는 공사 때부터 크고 작은 사건이 끊이질 않았어. 인부가 다치기도 하고, 멀쩡히 쌓아뒀던 공사자재가 무너지기도 하고 그랬다니까. 그 탓에 3개월이면 끝났을 공사가 거의 반년이나 걸렸지 뭐야.

어쨌든 우여곡절 끝에 빌라가 완공되고 분양을 시작했지. 분양은 잘 됐어. 여기가 서울하고 가까우니까 그쪽에서 밀려난 외지인들이 한꺼번에 유입이 됐거든. 지하철역도 생겼겠다, 신축빌라도 잔뜩 있겠다, 상권도 막 형성이 되었겠다, 그러니 사람들이 몰릴 수밖에. 그러다 보니 전후 사정 모르는 사람들은 그냥 화평 빌라에 입주를 한 거야. 반지하부터 5층까지, 공실 하나 없이 다 들어찼다니까. 그때는 몰랐지. 이렇게까지 안 좋은 일이 벌어질 줄은…….

어떻게 보면 말이야, 4년 가까이 버틴 것도 대단한 일이지 싶어. 그 전에 사건이 터져도 전혀 이상할 게 없었거든. 실제로 화평 빌라 입주민들 사이에서 이상한 소문이 돌기도 했으니까. 그러다 보니 하나 둘 이사를 나가고 결국 열 가구도 안 남은 상태였는데 그 사달이 난 거야.

시뻘건 불길에다가 꺼먼 연기가 마구 피어오르던 모습이 아직도 생생해. 벌써 2년 정도가 지났는데도 잊히질 않는다니까. 아마 동네 사람들도 마찬가지일 거야. 그때 죽은 사람이 모두 셋이야. 아니다. 그 전에 자살한 여자까지 하면 화평 빌라에서만 넷이 죽었네. 아무튼, 그 끔찍한 광경을 어떻게 잊겠어. 요즘도 시커멓게 탄 그 화평 빌라 주위로는 아무도 안 다녀. 지금처럼 저녁이 될 때쯤부터는 아예 인적이 끊기지.

자, 내 이야기는 여기서 끝이야. 좋지도 않은 이야기 오래 해 봐야 입만 아프지 뭐. 일단 가 봐. 그렇게 직접 보고 또 거기서 이야기하는 걸 찍고 싶다는데 어떻게 말리겠어. 사람들 설득하느라 애썼다는 것만 기억해 줘. 자네라면 거기 다시 가고 싶겠어? 돈도 돈인데, 세 명 모두 화평 빌라 이야기를 누군가에게는 꼭 들려주고 싶었다면서 자네들을 만나겠다고 그러더라고. 신기하지. 나 같으면 평생 입 다물고 있을 텐데……

뭐라고?

나도 뭐 본 게 있느냐고?

화평 빌라 근처에서?

어휴, 나는 험한 일 당할까 봐 얼씬도 안 해. 지금도 바람이 불 때면 매캐한 연기 냄새에 사람 살 타는 냄새가 섞여서 풍긴다는데 가 볼 엄두도 못 내지. 명심해! 이상하다 싶으면 바로 나오라고.

알았어?

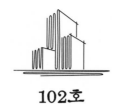

102호

지박령이라는 말, 들어보셨습니까?

자기가 죽은 곳을 떠나지 못하는 귀신, 네 맞습니다. 어른들 말씀으로는 자주 사고가 일어나거나 자살하는 사람이 유독 많은 곳에 그 지박령이 붙었다 하더군요. 가끔 텔레비전에도 나오지 않습니까. 귀신들린 도로니 흉가니 해서. 꼭 귀신 이야기로 풀어내지 않더라도 그런 곳에는 마이너스 에너지가 많아 사람들이 영향을 받는 게 아닐까, 저는 생각합니다.

사건에 대해 말해달라고요? 안 그래도 그럴 참이었습니다. 그러기 위해서 다시 여기를 찾았으니까요.

어디서부터 이야기를 시작할까요.

어떤 사건이 일어났는지는 당연히 아실 테고……. 혹시 소문이 돌았다는 사실은 알고 계십니까? 사건 후에 말입니다.

아! 여기서 말하는 사건은 402호 여자의 자살입니다. 화평 빌라의 숨통을 끊어버린 그 화재 사건이 아니라.

그 여자가 죽은 후에 빌라에 한 가지 소문이 떠돌았습니다. 자살이 아니라 살인이라는 거였죠. 그럴 수밖에요. 그만큼 설명할 수 없는 이상한 점이 많았으니까요. 열쇠도 없던 402호 여자가 어떻게 옥상에 올라갔을까? 밖에서 문을 잠근 건 누구인가? 자살이라면 왜 유서가 없을까? 의혹은 꼬리에 꼬리를 물었죠. 그래서 살인이라는 말이 나왔고, 억울한 또 한 명의 희생자가 생겼던 거죠. 그 다음 결과는…… 잘 아실 겁니다.

하지만 지금에 와서 생각해 보면, 살인으로 몰아가는 편이 귀신에게 씐 여자가 미쳐서 자살을 했다는 것보다 우리를 덜 불안하게 했던 건지도 모르겠습니다.

죽은 여자 말입니까? 전혀 모르는 사이였죠. 한 번도 마주친적이 없습니다. 402호에 그 여자가 살고 있다는 것도 몰랐으니까요.

아무튼, 그 여자를 알게 된 건 아이러니하게도 죽고 난 후였습니다.

네. 맞습니다. 화재가 일어나기 딱 보름 전이었죠.

아침 7시쯤 쿵 하는 소리가 들리더군요. 그렇습니다. 소리가 먼저였습니다. 꽤 큰 소리였고, 반지하 방 전체가 부르르 떠는 느낌을 받았습니다. 본능이라 해야 할지, 아니면 육감이라 해야 할지 그 순간 온몸에 소름이 돋더군요. 밤새 작업을 하다가 막 잠자리에 들려던 참이었습니다. 창문에 피가 튀었더군요. 겨우 환기나 가능한 작은 창문이었는데, 거기가 새빨갛게 물들어 있었습니다.

창문을 열었더니 여자가 있었습니다. 얼굴을 바닥에 대고 제 방을 엿보는 듯한 자세였죠. 핏기 하나 없는 허연 얼굴에는, 미소라고밖에 부를 수 없는 기묘한 표정이 떠올라 있었습니다. 입 꼬리가 위로 말려 올라갔고, 콧등에는 잔주름이 살짝 간 것이 금방이라도 깔깔거릴 것 같더군요. 눈은 똑바로 저를 바라봤습니다. 왼쪽 눈만 말입니다. 오른쪽 안구는 어디로 사라져 버렸는지 눈알이 있어야 할 자리가 뻥 뚫린 채 깊은 어둠만 남았더군요. 그 어둠 속에서 새빨간 피가 꿈틀거리며 기어 나오고 있었습니다.

저는 그렇게 많은 피는 처음 봤습니다. 머리가 완전히 깨진 상태였으니 오죽했겠습니까. 하얗고 매끈한 덩어리가 피바다 속 한 가운데를 해파리처럼 떠다니고 있더군요.

사망 시점 말입니까? 그렇죠. 경찰 발표와 제가 언론에서 인터뷰했던 부분이 달랐죠. 어느 쪽이 진실이냐 묻는 거라면, 몇 번이나 대답했던 것처럼 지금도 분명히 말할 수 있습니다.

여자는 여전히 살아있었습니다.

머리가 으깬 두부처럼 터져 나가고 피를 그렇게나 많이 쏟아냈는데도 여자는 몸을 부르르 떨고 있더군요. 사후반응 아니었냐고요? 경찰도 그렇게 말했습니다. 그건 살아있던 게 아니라 그저 사후반응이었다고……. 하지만 저는 분명히 봤습니다.

여자가, 제 얼굴을 향해 남은 왼쪽 눈을 빙그르 돌려 초점을 맞추는 걸.

저는 놀라서 창문을 닫고 이불 속으로 파고들었습니다. 사람이 죽는 걸 본 건 그때가 처음이었습니다. 심장이 벌렁거리더군요. 부끄러운 이야기이긴 합니다만, 무서워서 눈을 꼭 감은 채 누워 있었습니다. 그 뒤로는 여느 영화에나 나올 법한 상황이 펼쳐졌습니다. 누군가가 비명을 지르고, 경찰이 출동하고, 기자들도 몰려오고, 아무튼 그런 것들 있지 않습니까. 조용하던 화평빌라가 그야말로 일대 혼란에 빠져버린 거죠.

물론, 그 후에 일어난 일에 비하면 혼란이랄 것도 없었지만요.

아무튼 그날 저는 최초 목격자라 제일 먼저 경찰의 조사를 받았습니다. 할 이야기가 별로 없었어요. 떨어진 모습을 본 게 다니까요. 경찰이 돌아가고 나서는 하루 종일 방안에 틀어박혀 있었습니다. 밤을 꼴딱 샜는데도 잠이 오지 않더군요. 신경이 날카로워진 거죠. 어둡고, 덥고, 눅눅한 방에 누워 있으려니까 온갖 생각이 들더군요. 피 묻은 유리창으로 자꾸만 시선이 가서 눈을 꼭 감아버렸습니다. 그러다가 얼핏 잠이 들었나 봐요.

다시 눈을 떴을 땐 칠흑 같은 밤이었습니다. 아무 것도 보이지 않았어요. 창문 너머로 들어오던 가로등 불빛마저도 그날은 잠잠하더군요.

대신에 하얀 김이 서려 있었습니다.

발아래, 그러니까 방문 쪽이었어요. 제 키만 한 높이에서 김이 맺혔다가 흩어지기를 반복하고 있었죠. 단박에 입김이라는 사실을 알았습니다. 누군가가 방 안에 있다. 그런 생각을 하는 순간 온몸에 소름이 돋더군요. 그것도 여름에 허연 입김을 토해내며 서 있다니……

누구냐고 물을 수도 없었습니다. 아예 입이 떨어지지 않았어요. 가위에 눌렸던 걸까요? 몸도 움직일 수 없었습니다. 후우. 입김과 함께 숨소리마저 들리는 듯했습니다. 어둠 속에서도, 저를 바라보는 그 누군가의 눈빛을 똑똑히 느낄 수 있었습니다.

피비린내가 느껴진다.

거기까지 생각하고 정신을 잃었습니다.

지금 이 순간에도 그때만 생각하면 등줄기에 식은땀이 맺힙니다. 그때 느꼈던 생생한 공포가 마음속 어딘가에 문신처럼 새겨져 버렸어요. 그래서 아무리 지우려 해도 지워지지가 않죠.

공포란 무엇일까요?

저는 그날 이후로 몇 번이나 똑같은 질문을 던졌습니다. 제 자신한테 말이죠.

과학자들은 공포라는 감정이 뇌의 편도체에서 만들어진다고 하더군요. 거기에 전기 자극을 주면 공포를 느낄 때와 비슷한 상태에 빠지게 된다고. 그렇다면 그것은 인체에서 만들어지는 단순한 화학 반응에 지나지 않을까요?

저는 일련의 사건을 겪으면서 나름대로 이런 결론을 내렸습니다. 공포란 설명하고 이해할 수 없는 현상에 대한 자기방어다.

그 왜, 큰 사고를 당하면 단기기억상실인가에 걸린다지 않습니까? 사고 당시의 기억이 사라지는 거죠. 사고를 당했을 때의 기억이 너무 생생하면 정신이 감당해내지 못한다더군요. 스트레스 때문에 말이죠. 저는 공포도 비슷한 게 아닐까 생각합니다. 받아들이기 힘든 현상이 주는 스트레스를 이겨내기 위해서 심장도 벌렁거리고 소름도 돋는 거죠.

너무 거창한가요?

하지만 적어도 저는 그랬습니다. 설명할 수도, 그리고 이해할 수도 없는 일 앞에서 공포마저 느끼지 못했다면 미쳐버리고 말았을 겁니다.

해코지를 했냐고요? 제 방에 나타났던 그 존재가 말입니까? 아닙니다. 저도 공포영화라면 수도 없이 봤는데 영화에서나 나올 법한 그런 일은 없었습니다. 오히려 그 존재, 아니 여자는 가만히 지켜보기만 했습니다. 묵묵히, 아무 말도 없이.

그러니까 그 다음 날이었습니다. 사건이 일어나고 그 여자가 나타난 다음 날.

전날의 충격 때문에 하루 종일 멍해 있다가 저녁 무렵에야 간신히 정신을 차렸습니다. 그래도 일은 해야 하니 더 누워 있을 수도 없었죠. 모르셨죠? 전 소설가 지망생입니다. 그때나 지금이나 지망생 신분인 건 여전하네요.

작가님 작품도 몇 편인가 아주 재미있게 읽었던 기억이 납니다. 하여간 저는 책상 앞에 앉았습니다. 이틀 전부터 손을 놓고 있던 소설을 이어서 쓰기 위해서였죠. 간신히 정신을 부여잡고 꾸역꾸역 써 내려가는데 갑자기 창문 두드리는 소리가 들리더군요.

아까 설명해 드렸던 그 창문 있잖습니까. 바로 거기에서 똑똑 소리가 들렸단 말입니다. 저는 고개를 들고 창문을 올려다봤어요. 밤이라서 어두웠지만 창밖에 드리운 누군가의 그림자는 어렴풋이 보였습니다. 몸을 잔뜩 구부린 채 방 안을 들여다보는 자세로 앉아있더군요. 가슴이 철렁 내려앉았습니다. 그때까지 그런 식으로 창문을 두드린 사람은 없었거든요.

엉거주춤 일어섰습니다. 의자가 뒤로 밀리며 내는 끼익 하는 소리가 유난히 크게 들리더군요.

누구냐고 물으려는데 이상하게 목소리가 나오지 않았습니다. 아직도 기억합니다. 손에 땀이 가득 찼던 걸. 나중에 보니 짚고 있던 책상에 선명하게 손바닥 자국이 났지 뭡니까. 그동안에도 두드리는 소리는 멈추지 않았습니다.

똑. 똑. 똑. 똑.

소리만 듣고도 여물게 말아 쥔 중지로 불투명한 간유리를 두드려대는 그 모습이 떠오를 정도였습니다.

저는 창문으로 다가갔어요. 맥박이 점점 빨라지고 심장이 뻐근해지는 걸 느낄 수 있었습니다. 괜찮다고, 저는 속으로 계속해서 중얼거렸습니다. 조사를 덜 끝낸 경찰이거나 기자일지도 모른다고, 애써 그렇게 생각했지요.

하지만 저는 아니라는 걸 뻔히 알고 있었습니다.

어떻게 알았냐고요?

똑똑 하는 소리 중간에 키득거리는 웃음이 들렸거든요. 그렇죠. 창문을 두드리는 그 누군가가 웃고 있었던 겁니다. 소리를 죽인 채 즐거워 미치겠다는 듯이 그렇게요.

창문에 한 손을 댔을 때는 이미 온몸이 땀으로 젖어 있었습니다. 저는 마음을 다잡고 창문을 벌컥 열었습니다. 어둠 속으로 발을 내딛을 때처럼 눈을 질끈 감고서요. 한동안, 그래봐야 1분 남짓이었겠지만 좌우지간 눈을 감고 그대로 서 있었습니다. 밤바람에 목덜미의 땀이 말라갈 때까지요. 그러다가 슬며시 눈을 떴지요.

뭐가 있었는지 아십니까?

네. 경찰도 기자도 아니었습니다. 물론 다른 어떤 사람도 아니었지요. 대신에 하얀 선이 저를 바라보고 있었습니다. 현장 검증을 할 때 시체 주위로 그려놓는 그 선 말입니다. 여자가 떨어진 모양 그대로, 기묘하게 꺾인 팔다리 모양 그대로, 아무렇게나 칠해놓은 하얀 선이 방 안을 들여다보고 있었죠. 머리 부분에 해당하는 자리에는 아직도 핏자국이 뚜렷했습니다. 갑자기 전날 봤던 그 여자의 처참한 몰골이 떠오르더군요. 저는 구토가 나오는 걸 간신히 참으며 창문을 닫았습니다.

그 순간 저는 느꼈습니다.

등 뒤에 누가 서 있다는 걸.

돌아보지 않고도 알 수 있었죠. 방의 구석 쪽 어딘가에서, 책상 스탠드 불빛이 닿지 않는 그곳에서 누군가가 저를 바라보고 있었습니다. 시선이 닿는 등이 따끔따끔했습니다. 여자구나, 그 존재를 또렷하게 느낄 수 있었던 것만큼 그것이 전날 아침에 죽은 여자라는 사실 또한 확실히 알 수 있었습니다.

이번에는 이유 같은 건 없습니다.

직감이라고나 할까요? 왜, 살다보면 그런 순간이 있지 않습니까? 전화벨이 울렸는데 딱 누구라고 깨닫게 된다던지, 누군가의 사고를 예감하게 된다던지 하는 것 말입니다.

그래도 딱 한 가지, 굳이 이유를 꼽자면, 어떻게 생각하실지 모르겠지만, 그…… 시선을 느꼈기 때문입니다.

한쪽 눈으로만 쏘아보는 시선, 말입니다.

그 여자가 다른 사람들에게도 나타났느냐고요? 글쎄요. 어땠을까요? 저는 아마 다들 방문을 받지 않았나 생각합니다. 그 여자는 화평 빌라에 사는 모든 사람들을 방문했을 겁니다. 옥상에서 1층으로 떨어지면서 한 층, 한 층 확인했던 모든 사람들을.

그랬기에 불과 보름 사이에 그렇게 다들 미쳐갔던 겁니다. 물론 저도 마찬가지였죠. 누군가 한 사람을 살인자로 몰아가는 것, 그런 식으로 무차별 마녀사냥을 벌였던 것은 광기가 아니고선 설명이 불가능합니다.

우리가 살인자로 지목했던 502호 남자가 402호 여자를 죽였다는 증거는 어디에도 없었습니다. 화평 빌라 사람들이 알았던 건 502호가 혼자 사는 중년 남자라는 것, 옥상 열쇠를 가지고 있었다는 것, 402호 여자와 몇 번 말을 섞었다는 것 정도였습니다. 아! 또 하나 결정적인 정보가 있었죠. 그건 바로 그 남자가 성범죄 전과자였다는 겁니다. 그러니까 이런 거였죠. 502호 남자가 402호 여자를 어떻게 해 보려고 하다가 뜻대로 안 되니 옥상에서 떨어뜨려 죽였다. 옥상문을 밖에서 잠근 이유는 자기도 당황해 엉겁결에 실수를 한 거다. 뭐, 꼼꼼히 따지고 들면 허술하기 짝이 없는 추리였지만 당시 우리들에게는 그것이 유일한 진실처럼 보였습니다. 저 역시 그랬고요. 살인자인 502호 남자를 처단해야 밤마다 찾아오는 죽은 여자, 그러니까 402호 귀신이 사라질 것 같았거든요.

그래서였습니다. 502호 남자를 경찰에 신고한 건.

누가 신고했느냐고요? 그건 모르겠습니다. 빌라 입주민 대표가 303호였으니 아마 그 사람이 하지 않았을까요? 502호 남자를 범인으로 몰아가는 데 가장 적극적이었던 것도 그 대표였으니까요. 솔직히 이상할 정도로 502호 남자가 범인이라 주장하긴 했죠. 그리고…… 303호 아들이 불에 타 죽었죠. 맞습니다. 죽은 넷 중 303호의 대학생 아들이 있었던 겁니다. 비극이죠. 실성한 듯 울부짖던 대표의 얼굴이 아직도 기억나네요. 아무도 몰랐을 거라 생각합니다. 502호 남자가 빌라에 불을 지르리라곤. 결국 그자도 죽었기에 정말 살인을 저질렀는지 아닌지는 끝내 밝혀지지 않았죠. 다만 지금 생각해 보면 아무래도 그 남자가 범인은 아니었던 것 같습니다. 이건 어디까지나 제 개인적인 의견입니다.

왜 그렇게 생각하는지 궁금하다고요?

그건…… 지금도 가끔 그 여자를 보기 때문입니다.

네. 옥상에서 떨어져 죽은 402호 여자. 그 여자가 보입니다. 유독 어두운 밤이나 오늘처럼 옛 기억을 떠올린 날이면 그 여자가 꼭 찾아오죠. 그러곤 우두커니 서서 저를 바라봅니다. 왼쪽 눈알 하나만 뒤룩뒤룩 굴리면서. 여자는 역시 아무 말도 안 해요. 웃을 뿐이죠.

키득키득.

재미있어 죽겠다는 듯, 402호 귀신은 자꾸만 웃습니다. 자꾸
만······.

원한을 푼 거라면, 그 여자가 왜 계속 나타나겠습니까?

303호

아휴. 지금도 생각만 하면 내가 눈물이 나요, 글쎄. 아니다. 눈물이 아니라 분통이 터져 죽을 것 같아요, 분통이! 내가 웬만하면 여기 다시 안 오려고 했는데 이렇게 용기를 낸 것도 진실을 알려야 한다는 마음 때문이었다고요. 내 새끼, 생떼 같은 내 아들을 그렇게 잃었는데 아무도 관심을 안 기울여 주는 거예요. 그것도 서러운데 살인에다가 방화까지 한 놈 편을 들어! 내가 억울해서 못 살아! 이거, 이 영상 보시는 분들은 제발 좀 알아주세요. 502호 그 새끼가 범인이에요. 402호 여자를 죽이고 그 사실을 들키니까 화평 빌라에 불까지 지른 거라고요. 누명을 써 억울한 마음에 그랬다는 건 다 헛소문이에요!

네? 증거가 있냐고요?

하아. 아니, 작가님도 증거니 뭐니 그런 거 따지세요? 정말 미치겠네. 증거가 왜 필요해요? 여기 증인이 있는데! 내가 바로 증인이라니까요.

그러니까, 내가 봤다고요.

502호 그 새끼가 402호 여자 뒤를 따라서 옥상으로 올라가는 걸 내가 봤다니까. 뭐라고요? 옥상 입구 CCTV에는 두 사람 모습이 안 찍혔다고요? 이것 좀 보세요. 딱 그때쯤 화평 빌라 전체가 정전이었다는 거 몰라요? 그래서 CCTV가 작동을 안 했다니까요! 하여간 답답하네요. 경찰들도 자꾸 그 CCTV 얘기만 하는데 그날 오후, 그러니까 402호 여자가 죽기 전날에 한동안 정전이었던 건 확실해요. 아! 내가 빌라 대표인데 그걸 모를까.

3년이에요, 3년. 3년 동안 화평 빌라 대표로 내가 있었다고요. 구석구석 내 손 안 닿은 데가 없어요. 웬만한 건 내가 직접 고치기도 했다니까요. 거기다가 공동 수도세며 계단 청소비 같은 거, 응? 그런 거 매달 일일이 다 걷어서 내는 것도 내 몫이었다니까. 다들 재깍재깍 통장에 넣어주면 좋은데 그게 또 아니거든요. 그거 만 원도 안 하는 돈 받으려면 반지하부터 저기 5층까지 일일이 다니면서 초인종 누르고, 없으면 포스트잇 붙이고…… 하여간 진절머리 나서. 쯧.

그러니까 내 말이 뭐냐면, 나는 화평 빌라 사람들을 다 알고 있었다, 이거예요. 서로 자기들끼리는 몰라도 대표인 나는 어떻게 생겼는지, 뭔 일을 하는지, 하나부터 열까지 다 알았지. 그러다 보니까 남들이 못 보고 못 느낀 것도 나는 알거든.

예를 들면요, 203호 신혼부부는 밤이면 밤마다 남자가 여자를 때렸거든요. 그 소리 있잖아요, 때리고 맞는 소리가 우리 집 안방까지 다 올라왔거든. 거기다가 여자는 늘 얼굴에 멍이 들어 있으니 백 프로지 뭐. 그 집 남편도 사고로 죽었으니 안타깝긴 한데 부인 입장에서는 속이 시원할 수도 있었을 거예요. 모르긴 몰라도.

아휴. 그것만이 아니에요. 화평 빌라에 살던 사람들 모두 다들 말 못할 사연이 가득했다니까요.

근데 확실히 402호 여자가 미스터리이긴 했어요. 무슨 일을 하는지 도통 알 수 없었다니까요. 어떤 때는 종일 집에 있는 것 같은데 또 어떤 때는 며칠씩 안 들어오기도 하고 아무튼 이상했어요. 눈에 초점도 좀 없고 얼굴도 늘 어두웠다니까요. 어디 그 뿐일 줄 알아요? 냄새…… 하여간 이상야릇한 냄새가 났어요.

그 냄새를 뭐에 비유하면 좋을까…… 그러니까…… 분명히 향수나 이런 건 아닌데 그렇다고 또 아주 고약하냐 하면 그것도 아니었거든요. 내가 코가 좀 예민한데 사실 그런 냄새는 전에 맡아본 적이 없었어요. 그나마 제일 비슷한 게 옛날에 자주 썼던 오이 비누 냄새인데…… 작가님은 오이 비누 아시려나 모르겠네. 아무튼 402호 여자가 지나가면 어김없이 그 냄새가 났어요. 아예 4층 복도에 냄새가 떠돌았다니까.

그날도 그랬어요. 그날도…… 그 여자가 죽었던 그날도.

그 아침에 나는 설거지를 하고 있었어요. 아침부터 엄청 더웠던 게 생각나네요. 우리 아저씨는 일찌감치 출근을 했고 아들은 방학이라 실컷 늦잠을 자고 있었죠. 혼자 주방에 있는데 에어컨을 틀기는 좀 그래서 싱크대 바로 위쪽에 난 작은 창문을 열어두고 있었어요. 그래도 제법 바람이 불어 들어왔죠.

냄새가 훅 날아든 건 설거지를 거의 마무리할 때였어요. 달콤한 세제 향 사이로 바로 그 오이 비누 냄새가 나지 뭐예요. 그건 분명 402호 여자 냄새였어요. 도대체 어디서 이 냄새가 이렇게 강하게 나나 싶어 주위를 둘러보는데 그때 402호 여자랑 눈이 마주쳤지 뭐예요.

맞아요.

그 말 그대로예요.

눈이, 마주쳤어요.

잠깐 물 한 모금 마실게요. 아휴. 지금도 그때만 생각하면 심장이 벌렁거려서…….

싱크대 위 창문, 아까 말씀드린 거기로 402호 여자 얼굴이 스윽 지나갔어요. 이렇게 머리부터 거꾸로 떨어지는데 1초도 안 되는 그 짧은 순간에 눈이…… 눈이 딱 마주친 거예요. 가늘게 뜬 그 눈은 분명히 날 보고 있었어요. 정말이에요! 여자는 눈을 똑바로 뜬 채 저를 향해 웃었어요. 눈꼬리는 요렇게 내려갔고,

입술…… 그 새빨간 입술은 쭉 찢어져 귀 밑에 걸려 있었어요. 그게 웃는 표정 아니면 뭐겠어요?

402호 여자는, 내 눈을 똑바로 보면서 분명히 웃고 있었어요.

난 그 자리에 딱 굳어서 꼼짝도 못 했죠. 진짜 숨도 못 쉬었다니까요. 그러다가 그 소리에 펄쩍 뛸 정도로 놀랐지 뭐예요. 쿵, 하는 그 소리. 어찌나 크던지 진동 때문에 창문이 떨릴 정도였어요. 5층 옥상에서 떨어진 건데 그렇게 큰 소리가 날 수도 있나요? 아니, 아니다. 머리가 박살이 날 정도니 그럴 수도 있겠네요.

하여간 여자가 떨어지고도 한동안 그 냄새가 계속 남아 있었어요. 오이 비누 냄새.

나는 도저히 정신을 차릴 수도 없고, 심장도 벌렁거리고, 온몸에 힘이 빠져서 그냥 그 자리에 주저앉았어요. 숨이 안 쉬어져 혼났다니까요. 그냥 꺽꺽 소리만 내고 있는데 아들이 방에서 달려 나왔어요. 개도 402호 여자가 떨어지는 소리를 들었던 거예요. 자다가 놀라서 나왔는데 내가 모로 쓰러져 있고 숨도 못 쉬는 걸 본 거예요. 개가 참 효자였거든요. 내 걱정을 얼마나 하던지…….

나는 괜찮다고 하고는 겨우 사정을 설명했어요. 아들은 내 말을 듣자마자 신고를 했고요. 그 뒤에는 아휴, 뭐 정신이 하나도 없었어요. 경찰차도 오고 구급차도 오고 하여간 밖은 시끄러운데 난 못 내려가겠더라고요. 그래서 그냥 내처 안방에 누워 있었어요. 1층까지 내려갔다 온 아들도 얼굴이 하얗게 질려서는 한숨만 푹푹 쉬더라고요.

그날 아침 이후로 화평 빌라가 끔찍한 곳이 되고 말았어요.

네. 알아요. 빌라를 둘러싸고 이상한 소문이 많이 돌았다는 거. 입주민들 중에 뭘 봤다거나 무슨 소리를 들었다거나 하는 사람들도 있었어요. 무당 이야기도 알죠. 여기 빌라 세워지기 전에 사건이 있었다면서요. 근데요, 나는 살면서 그런 거 한 번도 못 느꼈거든요. 그러니까 이상한 기운이니 뭐니 하는 것들 말이에요. 그런 것들 다 헛소문이라니까!

그랬는데 402호 여자가 죽은 후로 달라졌다 이 말이에요.

나도 봤거든.

그 여자…… 아무래도 귀신이라고 해야 할까요? 죽은 402호 여자가 자꾸 보였어요. 나만 본 게 아니에요. 아들도 봤으니까. 특히 아들은 거의 매일 밤 악몽을 꾸고 잠도 잘 못 잤어요. 아무래도 그 여자 죽은 모습을 직접 봤으니까 그랬겠죠?

네? 귀신이 어떤 식으로 나타났냐고요? 아휴. 떠올리고 싶지 않은데……. 그래도 뭐, 솔직하게 다 말해야 502호 이야기도 믿어주실 테니 이야기할게요.

처음 본 건 그 다음 날 밤이었어요. 내가 아니라 아들이 먼저였어요. 꿈자리가 뒤숭숭해서 못 자고 있었는데 거실에서 억, 하는 소리가 들리지 뭐예요. 아들 목소리였어요. 우리 아저씨 깨울

정신도 없이 바로 뛰어나갔죠. 심상치 않았거든요.

아니나 다를까, 얘가 컴컴한 주방 바닥에 주저앉아 있는 거예요. 전날 아침에 내가 그랬던 것처럼 말도 제대로 못하고 어어, 하면서 떨기만 하는 걸 보고 어찌나 놀랐던지. 무슨 일이냐고 물으니까 뭘 봤대요. 아휴. 그때 아들 표정을 잊을 수가 없네.

작가님. 제가요, 다른 건 이제 좀 덤덤해졌는데 그날 밤 아들 표정을 떠올리면 가슴이 미어져요. 왜 그런지 모르겠어요. 애가 꼭 유치원 다닐 때 그랬던 것처럼 내 다리를 붙잡고 벌벌 떠는데 그 하얗게 질린 얼굴이, 입을 벌리고 딱 굳은 표정이 머릿속에서 떠나질 않아요.

네. 당연하죠. 뭘 봤느냐고 물었죠. 그랬더니 더듬더듬 이야기를 하더라고요.

물을 마시려고 나왔는데 식탁에 누가 앉아서 고개를 푹 숙이고 있더래요. 어두워서 첨엔 난 줄 알았다지 뭐예요. 근데 머리카락이 길더래요. 그 머리카락이 얼굴을 가리고 있었나 봐요. 그 순간 딱 이상하단 걸 눈치채고 뒷걸음질하는데 그 여자가 고개를 홱 들고 달려들었다는 거예요. 우리 아들이 담이 약한 애가 아닌데 그걸 보고는 너무 놀라서 까무러친 거죠.

나는 일단 애를 진정시키고 방으로 들여보냈어요. 잘못 본 거다, 어제 일 때문에 몸이고 마음이고 약해진 거다, 이렇게 말은 했지만 나도 영 찜찜하더라고요. 그래서 바로 안방에 들어가는 대신 주방으로 슬쩍 가봤잖아요. 이상할 정도로 어둡더라고요. 불을 켜려고 했죠. 그런데 불도 안 들어오는 거 있죠? 그때부터 심장이 벌렁벌렁하는 게 이거 안 되겠다 싶어서 나도 돌아섰죠. 그때 또 그 냄새가 나더라고요.

오이 비누 냄새.

거의 뭐 자동적으로 뒤를 돌아봤죠. 처음엔 뭐가 어떻게 된 건지도 몰랐어요. 분명 뭔가 이상한데 꼭 집어서 말할 수 없는 그런 거 있잖아요? 나는 눈을 가늘게 뜨고 다시 주방을 훑어봤죠. 그 순간 발견한 거예요.

천장에 매달린 그 여자를요.

여자는, 내가 알아채기를 기다렸다는 듯이 머리를 거꾸로 홱 젖혔어요. 머리카락이 죄다 아래로 쏠리면서 여자 얼굴이 그대로 드러났죠. 머리가 깨져서 이상한 모양으로 찌그러져 있었어요. 거기다가…… 왼쪽 눈만 남아 있더라고요. 어두운데도 그 눈이 나를 향하는 게 똑똑히 보였어요.

402호 여자는 이번에도 역시 웃고 있었어요. 그러다가 순식간에 천장을 기어서 다가왔죠. 그때는 나도 비명을 질렀어요. 그런 뒤 곧바로 정신을 잃었던가 봐요. 눈을 떠보니 안방 침대였고 애랑 애 아빠가 날 내려다보고 있었죠.

잔뜩 겁먹은 아들의 눈빛을 보면서 나는 깨달았어요. 이제부터 진짜 끔찍한 일이 벌어지겠구나, 하고. 내가 본 건 분명 귀신이었어요. 아들이 본 것도 마찬가지였고요. 절대 헛것이 아니었죠. 여자가, 히죽히죽 웃으며 나를 노려보던 그 모습이 머릿속에 콕 박혀서 절대 떠나지 않더라고요.

결국 그 밤을 뜬 눈으로 보내면서 나는 생각하고 또 생각했어요.

402호 여자 귀신이 나타난 이유가 뭘까?

작가님은 뭐라고 생각하세요? 나도 아는 무당한테 들은 것뿐이지만 원한에 사무쳐야 귀신이 된다고 하잖아요. 그러니까 원귀 말이에요. 402호 여자는 무슨 원한이 있기에 끔찍한 모습으로 나타나는지 그게 너무 궁금했어요. 그러다가 퍼뜩 그 기억을 떠올린 거예요.

502호 그 남자!

그 천하의 나쁜 놈의 새끼가 402호 여자 뒤를 따라 옥상으로 올라가던 그 뒷모습이 바로 생각났어요. 평소에도 502호 남자는 402호 여자를 음흉한 눈빛으로 봤거든요. 내가 그걸 모를 줄 알아요? 내가 대표니까 매주 CCTV 영상도 들여다보거든요. 거기에 다 나와 있어요. 502호 남자가 402호 앞에 가만히 서 있는 모습 같은 게. 한두 번이 아니에요. 난 그거 보고 너무 섬뜩해서 기절하는 줄 알았잖아요. 그뿐이면 말을 안 해요. 나는 102호 총각도 4층에서 어슬렁거리는 걸 몇 번이나 봤어요. 102호 총각이랑 402호 여자랑 공동현관 앞에서 실랑이 비슷하게 벌이는 것도 CCTV에 찍혀 있었다니까요.

네. 맞아요. 어떻게 해 보려는 수작이었겠죠. 근데 뭐, 잘 안 된 거죠.

아니, 지금 중요한 건 102호가 아니라 502호라니까요! 그 남자가 402호 여자를 죽인 게 확실해요. 나는 그걸 밝히려고 했던 거라고요. 범인을 잡으면 귀신도 자연스럽게 사라질 거라 생각했다니까요. 그런데…… 그런데 증거가 없어서 체포를 못한다니 황당할 수밖에 없던 거죠. 만약에 말이에요, 그 변태 성범죄자를 바로 잡아넣기만 했어도 화재는 안 일어났을 거예요. 우리 아들이 죽는 일도 없었을 거라고요!

작가님도 그 CCTV 녹화된 거 보셨죠? 인터넷에도 돌고 그랬잖아요. 네. 502호 남자가 불을 지르는 모습이 생생하게 담긴 그 영상. 그 미친놈이 시너가 든 통을 들고 공동현관으로 들어왔잖아요. 그 뒤에 시너를 자기 몸에 붓고 그거로도 모자라 1층부터 5층까지 복도 곳곳에 시너를 뿌렸죠. 그 모습도 다 찍혔어요. 보셨으니까 알겠네요. 그다음에 502호 남자가 자기 몸에 불을 붙인 걸. 그 인간은 불에 활활 타면서도 다시 1층까지 내려갔어요. 그때 빌라 전체로 불이 옮겨붙은 거고. 사람들은 그 영상을 본 뒤에 이렇게 말하더라고요. 얼마나 억울했으면 저런 짓까지 했겠느냐고. 아니, 그게 말이 되는 소리예요? 네? 백 번 양보해서 502호 남자가 범인이 아니라고 해도 그 불 때문에 내 아들이, 그리고 아무 잘못도 없는 두 명이 더 죽었어요. 그런데도 그 범인 편을 드는 것들은 자기들도 한 번 당해봐야 해요. 난 그렇게 생각해!

네? 그 이후로 402호 여자 귀신을 본 적이 있느냐고요?

하하하하!

이런, 갑자기 웃어서 미안해요.

하하하하!

아휴. 참. 계속 웃음이 나오네.

이것 보세요, 작가님. 내가 왜 이 밤에 시커먼 선글라스를 끼고 나왔는지 아세요? 난 이제 오른쪽 눈으론 아무것도 못 봐요. 젓가락으로 내가 직접 찔렀거든요. 벌써 몇 달 됐네요. 희한하게도 오른쪽 눈이 먼 이후로 이제 그 여자 귀신이 안 보이네요. 그 여자를 마지막으로 봤을 때 나는 라면을 먹고 있었어요. 그 밤에도 귀신은 어김없이 나타나 어둠 속에서 날 노려보고 있었죠. 그 순간 난 결심했어요. 다시는 저걸 보지 않겠다고. 그러고는 망설임 없이 젓가락을 들었죠. 다행히 눈 하나만 잃고 평화를 얻었으니 이득이라고 할까요?

하하하하!

아들 이야기를 더 하고 싶은데 너무 웃겨서…… 하하하하. 하하하하.

근데요, 작가님.

하하하하!

하나 알려드릴까요?

그 오이 비누 냄새는 맨날 나요. 보이진 않아도 냄새를 맡을
순 있죠. 지금도…… 냄새가 나네요.

하하하하!

203호

저는 할 이야기가 별로 없습니다. 아니, 하고 싶지 않아요. 생각만 해도 너무 무섭고 괴로워서…….

그런데도 이렇게 나온 이유는 진실을 말해야겠다고 생각했기 때문입니다. 아마 이런 기회가 두 번 다시 오진 않을 테고 그렇게 된다면 이 사건의 진실은 완전히 덮이겠죠. 제가 입을 열지 않는다면 말입니다. 그건 제가 원하는 게 아닙니다. 그리고 억울하게 죽은 그 여자, 402호 아가씨가 원하는 것도 아니겠죠.

그래서 용기를 냈습니다. 그러니 작가님과 피디님께서 꼭 진실을 알려주세요.

그럼, 결론부터 말씀드리겠습니다.

402호 아가씨는 자살한 게 아닙니다. 아니요. 다시 말해야겠네요. 옥상에서 뛰어내린 건 맞지만 그건 자의에 의한 게 아니었습니다.

그렇다면 어떻게 된 거냐고요?

그 아가씨는 누군가의 손에서 벗어나기 위해 어쩔 수 없이 뛰어내린 겁니다.

네. 압니다. 저는 누가 그랬는지, 402호 아가씨를 죽음에 이르게 한 이가 누구인지 알고 있습니다.

그 말씀을 드리기 전에 402호 아가씨 이야기를 좀 해야겠습니다. 제가 아마 유일할 겁니다. 그 아가씨와 몇 번이라도 대화를 해 본 사람은. 303호 대표가 아가씨와 나눈 건 대화가 아니었죠. 그냥 몇 마디 주고받은 거라고 하면 되지 않을까요?

저는 달랐습니다. 402호 아가씨에게 도움을 받기도 하고, 제가 또 도움을 주기도 했으니까요. 처음 인연을 맺은 건 옥상에서였습니다. 네. 화평 빌라 옥상. 알고 계시는지 모르겠지만 옥상문은 항상 열려 있었습니다. 누구나 올라갈 수 있었죠. 그날 밤 저는 남편의 폭력을 견디다 못해 도망쳐 옥상에 숨어 있었습니다. 남편, 아니 이제 죽었으니 그냥 그 인간이라고 부르겠습니다. 그 인간은 짐승이었습니다. 괴물이었습니다. 술만 마셨다 하면 이성을 잃고 폭력을 휘둘렀으니까요. 아니요. 연애 때는 안 그랬습니다. 그랬다면 결혼도 하지 않았겠죠. 특별한 계기가 있었던 건 아니었습니다. 그저 그 인간 속의 악마성이 결혼 이후로 튀어나온 게 아닐까 짐작만 할 뿐입니다. 이제는 죽었으니 확인할 길도 없지만요. 하하.

어쨌든 그 밤에 슬리퍼만 신고 도망쳐 나왔는데 어디 갈 데가 있어야죠. 어쩔 수 없이 남편을 피해 옥상으로 올라갔던 겁니다. 하필이면 늦겨울이었습니다. 밤공기가 너무 찼죠. 점퍼 하나 챙겨 나오지 못했던 저는 덜덜 떨고만 있었습니다. 옥상 물탱크 뒤에 웅크린 채로요. 한참 그러고 있는데 옥상문 열리는 소리가 들리더니 누가 제 쪽으로 다가왔습니다. 처음에 전 남편인 줄 알고 기겁을 했습니다. 하지만 아니었어요. 저를 무표정하게 바라보던 이는 여자였고, 그 사람이 바로 402호 아가씨였습니다.

402호 아가씨는 내 사정을 듣더니 자기가 입고 있던 점퍼를 벗어주었습니다. 자긴 가슴이 답답해서 옥상에 자주 올라온다고 말하더군요. 그때는 워낙 정신이 없어서 그리 오래 대화하지는 못했지만 우리의 만남은 그 밤 이후로도 계속 이어졌습니다.

저는 비슷한 일이 생길 때마다, 그게 아니고라도 너무 우울하고 힘들 때마다 남편이 잠들기를 기다렸다가 밤에 옥상에 올라가곤 했습니다. 그러면 어김없이 402호 아가씨를 만날 수 있었죠. 처음에는 제 하소연만 늘어놓는 식이었습니다. 저는 누군가에게 할 이야기가 정말로 많았거든요. 그러던 것이 시간이 지나고 계절이 바뀌어 가면서 402호 아가씨도 자기 이야기를 하는 쪽으로 바뀌어 갔습니다. 진짜 대화를 나누게 된 거죠.

그 아가씨 인생도 참 기구했습니다. 원래는 신딸이 되어야 하는 운명인데 신내림을 받지 않고 버티면서 살다가 더는 견딜 수 없어 근래에는 용한 무당 밑에 들어가 시중 비슷한 걸 들고 있다고 했습니다. 그 무당을 따라 전국을 돌며 굿하는 걸 도와주다 보면 한 달이 금세 흐른다고, 아가씨는 웃으며 말했습니다. 그러면서도 신내림을 받아야 할지 말아야 할지 고민이라고 했죠. 자신이 신기가 있다는 건 알지만 정상적이고 평범한 삶을 포기하는 것도 너무 싫다며 한숨을 쉬기도 했습니다.

작가님은 무속 쪽으로도 공부를 하셨다니 신내림을 거부하는 게 얼마나 고통스러운 일인지도 잘 아시리라 생각합니다. 402호 아가씨의 말을 그대로 옮기자면 차라리 죽는 게 낫겠다 싶을 정도로 괴롭다고 하더군요. 그럼에도 지금까지 버틴 건 살고 싶다는 의지가 더 강했기 때문이라는 말도 했습니다. 그런 사람이 자살을 했겠습니까?

아닙니다. 저는 그렇게 생각하지 않습니다. 저 같은 사람도 이렇게 살아있는데 생의 의지가 그토록 강렬했던 402호 아가씨가 자살하려고 옥상에서 뛰어내리진 않았을 겁니다. 아가씨는 자신을 지키려고 했던 겁니다.

네? 누구로부터 지키려 했느냐고요?

지금부터 그걸 말씀드리겠습니다.

범인은…… 303호의 그 대학생 아들입니다.

네. 맞습니다. 빌라 대표가 거짓말을 한 겁니다. 502호 남자는 이 사건과 관련이 없습니다. 자기 아들 짓이라는 걸 숨기기 위해 502호 남자를 범인으로 몰아간 겁니다. 어떻게 아느냐고요?

402호 아가씨가 가르쳐 줬기 때문입니다. 사고가 난 다음 날 밤, 그 아가씨가 절 찾아왔습니다. 어떻게 된 일인지 자세히 설명해 드리겠습니다.

저는 그 아가씨가 죽었다는 사실에 큰 충격을 받았습니다. 믿을 수가 없었죠. 자살이라니⋯⋯. 남편이라는 인간은 안 그래도 흉흉한 소문 도는데 집값 더 떨어지겠다고 화를 내더군요. 그걸 보며 역시 짐승이라는 생각을 했습니다. 경멸의 표정이 제 얼굴에 떠올랐던 걸까요? 남편은 술도 안 마셨는데 절 때리기 시작했습니다. 그 인간은 주먹을 휘두를 때마다 훅훅 거친 숨을 내뱉었습니다. 훅훅. 훅훅. 저는 그 소리가 끔찍하게 싫었습니다. 맞을 때의 고통보다 그 숨결이 제게 닿는 게 더 몸서리쳐졌다면, 이해가 좀 됩니까? 그날도 그랬습니다. 저는 도저히 견딜 수가 없어 남편이 잠깐 화장실에 간 사이 밖으로 도망쳤습니다. 그 인간이 곧장 따라 나올 건 뻔했죠. 선택의 여지가 없었습니다. 전 옥상으로 달려 올라갔습니다. 옥상 문은 역시 잠겨 있지 않았습니다. 옥상에는 열대야가 무색하게 서늘한 바람이 불고 있었습니다. 팔뚝에 소름이 돋을 정도였습니다. 양팔을 감싼 채 물탱크 쪽으로 향하는데 바로 거기에 누군가가 서 있었습니다.

네. 402호 그 아가씨였습니다.

저는 뒷모습만 보고도 단번에 알 수 있었습니다. 허리까지 내려오는 긴 머리카락과 가녀린 몸매는 죽기 전과 조금도 다르지 않았죠. 다만 한 가지, 머리 오른쪽이 완전 뭉개진 모습은 조금 섬뜩해 보였습니다. 하지만 겁을 먹지는 않았습니다. 반가운 마음이 들기도 했다면, 이상하다 생각하실까요?

제가 왔다는 걸 알고는 그 아가씨가 몸을 돌렸습니다. 불쌍하게도 왼쪽 눈만 남아 있더군요. 그 눈이 제게로 향했습니다. 어두운 밤이었지만 저는 402호 아가씨의 눈빛 속에 깃든 분노를 어렵지 않게 읽었습니다. 슬픔도, 그리고 두려움도 말이죠.

402호 아가씨는 미끄러지듯 제게 다가와서는 바짝 붙어 섰습니다. 한기가 느껴지더군요. 저는 도대체 어떻게 된 일이냐고 물었습니다. 하지만 그 아가씨는 아무 말도 하지 못했습니다. 귀신은 원래 말을 못하는 건가 봐요. 그저 손을 들어 제 뒤쪽을 가리킬 뿐이었어요. 저는 뒤를 돌아봤죠. 처음에는 아무것도 발견하지 못했습니다. 너무 어두웠는데 그 인간이 올라올지도 모른다는 생각에 찬찬히 살펴볼 여유가 없었거든요.

402호 아가씨는 같은 자세로 계속 서 있었습니다. 저는 다시 돌아봤고, 어둠에 어느 정도 익숙해진 그때야 뭔가를 발견했습니다. 그 아가씨가 가리키는 곳에는 옷걸이 하나가 기우뚱하게 서 있었습니다. 옷걸이는 303호 물건이었습니다. 303호 아줌마는 자기가 대표라는 걸 이용해 늘 마음대로 행동했습니다. 자기

들 짐을 쌓아두는 탓에 옥상이 지저분해졌지만 아랑곳하지 않았거든요.

어둠에 싸인 채 서 있는 옷걸이를 보자 일전에 402호 아가씨가 했던 말이 떠올랐습니다. 어느 밤에 혼자 옥상에 있는데 누가 올라오더랍니다. 저라고 생각해서 돌아봤더니 303호 대학생이 옷걸이를 들고 있었다고 했습니다. 엄마, 그러니까 대표 아줌마가 시킨 거겠죠. 대학생은 옷걸이를 내려놓으면서도 그 아가씨를 힐끔힐끔 봤나 봅니다. 그러더니 술 냄새를 풀풀 풍기며 다가와 집요하게 이것저것 물었답니다. 402호 아가씨는 예의상 몇 마디 대답을 해 주곤 옥상에서 내려왔는데 그날 이후로 303호 대학생이 귀찮게 굴었답니다. 마주칠 때마다 계속 말을 거는 것으로도 모자라 한밤중에 초인종을 누르며 한잔하자고 끈덕지게 요구했던 적도 있다고 했습니다. 그것만이 아닙니다. 402호 아가씨는 누가 자기 우편물이나 택배도 건드리는 것 같다고 말했습니다. 범인이 누군지 알고 싶어 대표에게 CCTV를 보여 달라고 해도 그 아줌마는 절대 안 된다고 했답니다. 아가씨는 그 범인도 303호 대학생이 아닐까 의심하고 있었습니다.

그 말들이 떠오르면서 저는 자연스레 402호 아가씨가 무슨 말을 하려는지 알아챘습니다. 그건, 자신이 옥상에서 떨어진 사건에 303호 대학생이 관련 있다는 뜻이었죠. 제가 그걸 깨닫고 고개를 돌리자마자 402호 아가씨는 스르르 사라졌습니다. 저는 앞으로 어떻게 해야 할까 고민하다가 옥상에서 내려왔습니다. 그 당시에는 심증만 있을 뿐 물증이 없었으니까요. 증거를, 확실한 증거를 찾아야 했습니다.

하지만 세상일이라는 게 그리 마음대로만 풀리지 않더군요. 여러 의미로 말입니다.

303호 대학생에 대한 조사 아닌 조사는 쉽지 않았습니다. 그럴 수밖에요. 저는 그냥 평범한 주부일 뿐이니까요. 그 사이 대표 아줌마는 502호를 범인으로 몰아갔습니다. 502호만 쏙 빼놓고 다들 모이라고 한 다음에 그 남자가 402호 아가씨 뒤를 따라 옥상에 올라가는 걸 봤다는 거예요. 그 전에도 502호 남자가 4층에서 서성이는 걸 봤다고도 하고. 제게는 그 모든 게 자기 아들의 죄를 숨기려는 의도로밖에 안 보였습니다. 그렇지만 증거가 없으니 뭐라고 이의를 제기할 수 없었습니다. 귀신을 만났다고는 말할 수 없었으니까요.

그러던 중에 한 가지 사실을 알게 됐습니다. 너무나 소름끼치는 사실을.

402호 아가씨가 죽은 후 나흘이 지났을 때였습니다. 그 밤에 저는 또 혼자서 옥상에 올라갔습니다. 너무 심란해서 잠이 오지 않았거든요. 그런데 평소와 달리 옥상 문이 조금 열려 있었습니다. 발소리를 죽여 문으로 다가가니 누군가의 목소리가 들렸습니다. 문틈으로 들어갔습니다. 그러고는 소리가 들리는 옥상 구석까지 조용히 움직였습니다. 바로 그 자리, 물탱크 뒤편, 그 아가씨의 추락 지점에서 소리가 들리더군요. 저는 물탱크에 몸을 숨긴 채 고개를 내밀었습니다.

303호 대학생이 어둠 속에 서 있었습니다.

한 손에는 부엌칼을 들고 있더군요.

저는 너무 놀라 숨을 참아야 했습니다. 대학생은 허공에 대고 칼을 휘두르며 계속 소리쳤습니다.

빨리 꺼지라고, 눈앞에 나타나지 말라고, 나만 잘못한 게 아니라고 하면서 칼로 허공을 베는 모습이 그야말로 미친 것 같아 보였습니다. 한참을 그러던 대학생은 바닥에 주저앉더니 벌벌 떨기 시작했습니다. 그러면서 칼을 놓고 싹싹 빌더군요.

그 모습을 보며 저는 확신했습니다. 303호 대학생이 범인이라는 것을요. 하지만 정확히 무슨 일이 있었던 건지는 알 수 없었습니다. 물론 그 의문도 곧 풀리기는 했습니다. 제가 전혀 예상하지 못했던 방식으로.

누군가가 옥상 계단을 달려 올라오는 소리를 들었습니다. 저는 본능적으로 그 인간이라는 걸 알아챘습니다. 그래서 아예 물탱크 밑으로 들어가 납작 엎드렸습니다. 발소리를 들은 것은 저만이 아니었습니다. 대학생도 벌떡 일어나며 누구냐고 묻더군요. 잠시 후 그 인간 목소리가 들렸습니다. 그런데 둘은 서로를 알고 있는 것 같았습니다. 그것도 아주 잘.

대학생은 그 인간에게 어떻게 하면 좋겠느냐고 묻더군요. 그러자 그 인간은 자기는 잘못이 없다고 하면서 장난을 친 건 너라고 말했습니다.

장난.

저는 그 인간이 어떨 때 장난이라는 단어를 사용하는지 잘 압니다. 신혼여행에서 제 등을 세게 때리고는 그걸 장난이라고 했으니까요. 그게 지긋지긋한 폭력의 시작이었습니다. 어쩌면 그 인간에게는 저를 죽어라 때렸던 그 모든 일들이 장난이었는지도 모르겠습니다. 물어보고 싶지만 그럴 수 없네요. 이렇게 궁금할 줄 알았다면 새까맣게 타서 겨우 숨만 쉬고 있던 그때 물어볼 걸 그랬습니다. 하지만 그때는 간신히 웃음을 참고 있었기에 그럴 수가 없었습니다.

아무튼, 그 인간과 대학생의 대화를 들으니 조금씩 사건의 윤곽이 보이는 것 같았습니다. 두 사람은 옥상에서 담배를 피우다가 만나 친해졌던 것 같습니다. 그러면서 402호 아가씨에 대해 이런저런 더러운 이야기를 나눴나 봅니다. 그러고는 사건을 꾸몄죠. 그 아가씨가 자주 옥상에 올라간다는 걸 안 대학생이 사건이 일어나기 전날 밤에 몰래 접근을 한 거였습니다. 그걸 부추긴 건 그 인간이었겠죠. 지금 생각해 보니 어쩌면 그 인간 역시 대학생과 같은 짓을 하려던 걸지도 모르겠네요.

하지만 그 아가씨는 호락호락하지 않았을 겁니다. 결국 대학생은 포기하고 내려갔는데 그러면서 옥상문을 일부러 잠근 것입니다. 여름이었다고는 하지만 밤부터 새벽까지는 쌀쌀했을 겁니다. 거기서 완전히 밤을 샜을 402호 아가씨를 생각해 보세요. 두려움에 떨었을 거고, 정상적인 판단이 힘들었을 수도 있습니다.

여기서부터는 제 상상입니다만, 그 아가씨는 아마 가스 배관을 타고 자기 집에 들어가려 했던 것 같습니다. 그러다가 그만 실수를 해서, 결국 떨어지게 된 것이 아닐까 싶습니다. 죽음의 직접적인 이유가 무엇이건 어쨌거나 303호 대학생이 범인이고 가해자라는 사실은 변함이 없습니다. 그리고 그 인간은 공범 정도가 되겠죠.

이 사실을 왜 지금껏 숨기고 있었는지 궁금하십니까?

그건…… 대학생과 그 인간이 마땅한 응징을 받았다고 생각했기 때문입니다. 죽었으니까요. 그것도 아주 고통스럽게.

하지만 그것으로는 부족했던 것 같습니다. 402호 아가씨는 자신이 자살하지 않았다는 걸 알리고 싶어 합니다. 인간 이하의 것들이 자기를 궁지에 몰았다는 사실이 밝혀지기를 원합니다.

네? 그걸 어떻게 아느냐고요?

지금도 매일 그 아가씨가 저를 찾아오기 때문입니다. 끔찍하게 죽은 모습 그대로 가만히 서서 저를 바라봅니다. 왠지 원망이 섞인 듯한 그 시선이, 솔직히 이제는 무섭습니다. 그래서 이

자리를 통해 진실을 말해야겠다고 생각했습니다.

다시 한번 말씀드립니다.

402호 아가씨를 죽음으로 내 몬 자들은 303호의 대학생과 제 남편입니다. 이미 그 둘은 죽었지만, 이번 기회로 402호 아가씨의 남은 한이 달래지기를 바랍니다.

103호

죽을 사람이 죽었다…… 난 그렇게 생각해. 그 불쌍한 여자야 빼고 불에 타 죽은 셋 모두 그럴 이유가 있었지.

그 뭐냐, 세상에 죽어도 되는 사람은 없다는 말, 난 그거 허튼소리라고 생각해. 죽어도 되는 사람이 왜 없어? 죽어도 싼 인간들은 널리고 널렸지. 원래 귀신의 원한을 산 사람들은 죽게 돼 있어. 설령 죽음을 피해 간다고 해도 산송장으로 지내게 된다니까.

뭐? 502호 남자는 무슨 잘못을 했기에 죽었느냐고?

내가 지금부터 그 이야기를 할 테니 잘 들어.

502호 남자는 말이야, 성범죄로 형을 살고 나왔어. 어린 여자애를 건드렸지. 그것만으로도 그놈은 죽어도 싸. 안 그래?

그런데 이놈이 개 버릇 남 못 준다고 출소 후에도 언제든 비슷한 짓을 하려고 호시탐탐 기회를 노리고 있었던 거지. 하지만 전자발찌도 차고 있으니 그럴 수는 없었던 거야.

아! 502호가 전자발찌 찬 건 몰랐구먼. 찼어. 한여름에도 그것 때문에 긴 바지만 입었지.

아무튼 그런 상황이다 보니까 놈의 욕구가 이상한 방향으로 뻗어간 거야. 바로 훔쳐보기로. 정말 끔찍한 놈이지.

놈이 쓴 방법은 아주 간단해.

먼저 우편함을 살피면서 여자 혼자 사는 집이 어디인지 파악한 거야. 거기 보면 누구 앞으로 어떤 우편물이 오는지 대충 알 수 있잖아. 그렇게 해서 이놈의 목표물이 된 게 바로 402호 여자였지.

놈은 그때부터 402호 여자를 지켜보기 시작했어. 그러면서 정보를 모았지. 주로 언제 나가고 언제 들어오는지, 그리고 한 번 나가면 집을 얼마나 비우는지 하는 것들 말이야. 놈은 그런 쪽으로는 머리가 아주 비상했거든. 402호 여자가 어떻게 움직이는지 파악한 뒤에는 슬슬 본격적인 범행에 돌입했지.

어떻게 했냐고?

몰래 402호에 침입한 거야. 위층 층계참에서 조용히 고개만 빼서는 402호 여자가 도어록을 열 때 훔쳐본 거지. 그러고는 네 자리 번호를 알아냈어. 그 다음부터는 일사천리였지. 402호 여자가 집을 비우기만을 기다렸다가 당당히 비밀번호를 누르고 집에 들어갔으니까. 그러고는 몰래카메라를 설치했어. 요즘 감쪽같이 숨길 수 있는 몰래카메라 많잖아. 놈은 거실 전등갓 안에다가 그걸 숨겼어.

그 후에는 틈만 나면 402호에 들어가 몰래카메라를 확인하고 다시 설치하고를 반복했지. 그러면서 402호 여자의 내밀한 사생활을 샅샅이 훔쳐봤어. 놈은 비뚤어진 욕구를 그렇게 해소해 나갔지.

하지만 놈의 변태적이고 끔찍한 범죄는 이상한 식으로 막을 내리게 되었어.

그날도 놈은 402호 여자가 돌아오기 전 몰래카메라를 찾아와서 며칠 동안 그 안에 찍힌 영상을 음흉한 눈빛으로 보고 있었지. 그런데 말이야, 그 영상에는 뭔가 이상한 게 찍혀 있었어. 전에는 그러지 않던 여자가 어두운 거실에 가만히 서서 몸을 흔들고 있었던 거야. 흐느적흐느적, 마치 누군가가 보이지 않는 실을 매달아 조종하기라도 하는 것처럼 그렇게 이상한 움직임을 보이던 여자는 급기야 꿈틀거리며 춤을 추기 시작했지. 목과 어깨와 양쪽 팔을 각기 다른 각도로 꺾으며 한참 춤추던 여자가 혼잣말을 계속하면서 거실을 미친 듯이 서성이는 모습까지 본 놈은 왠지 모를 오싹함에 영상을 꺼버렸어. 놈은 여자가 무슨 일을 하는지는 전혀 몰랐던 거야. 신내림을 받아야 하는 운명이라 가끔 귀기에 홀려 기괴한 행동을 한다는 것도, 당연히 몰랐지.

그날 이후로 몰래카메라에는 더 자주 섬뜩한 모습이 찍혔지.

여자가 입에 식칼을 물고 덩실덩실 춤을 추는 모습도, 검은색 한복을 입은 채 웃고 울고를 반복하는 모습도 놈은 몰래 훔쳐봤어. 그러면서 서서히 공포를 느꼈지. 언젠가 한 번은 허공에 대고 혼자 중얼거리던 여자가 확 고개를 돌려 몰래카메라를 숨겨놓은 전등갓 쪽을 뚫어지게 노려보는 모습도 찍혔어. 그걸 본 순간 놈은 놀라서 벌떡 일어났지. 여자와 눈이 마주친 것 같았거든.

놈은 훔쳐보는 걸 그만둬야 하는 게 아닐까 고민했지. 왠지 402호 여자가 모든 걸 알고 있는 것 같다는 느낌을 받은 것도 그때쯤이야.

결국 놈은 몰래카메라를 완전히 회수하기로 마음먹었어. 찜찜함과 거북함을 떨쳐버릴 수가 없었거든.

그랬는데 사건이 터진 거야. 바로 그 사건.

좀처럼 일찍 일어나는 일 없던 놈은 그날따라 악몽에 시달리다가 새벽에 깼지. 그러곤 다시 잠들지 못하고 아침 댓바람부터 베란다에서 창밖만 바라보고 있었던 거야.

바로 그때 뭔가 시커먼 것이 위에서부터 확 떨어져 내렸지. 놈은 기겁을 했어. 떨어진 게 사람이고, 그 사람이 502호 베란다 난간을 잡고 간신히 버티고 있다는 걸 알아챈 건 몇 초 후의 일이었어. 놈은 반사적으로 다가갔지. 그러고는 창문으로 고개를 쑥 내밀고 상황을 살피려는데 그 순간 402호 여자와 딱 눈이 마주친 거야.

놈은 가만히 있었어. 여자가 팔을 부들부들 떨면서 베란다 난간을 잡고 필사적으로 매달려 있는 걸 보면서도 아무런 반응을 하지 않았지. 꼼짝도 할 수 없었던 거야. 그 여자의 눈을 본 순간 놈은 얼어붙고 말았거든.

그래도 간신히 정신을 차린 놈이 뭔가 해보려고 팔을 뻗었을 때 402호 여자의 손이 미끄러졌어. 여자는 아래로 떨어져 내렸는데, 그 순간 이상할 정도로 크게 웃고 있던 걸 놈은 똑똑히 봤지.

쿵, 하는 끔찍한 소리는 화평 빌라 전체에 울려퍼졌어. 놈은 움찔했지. 저 아래 바닥에 여자가 머리에서 피를 흘리며 떨어져 있는 걸 본 놈은 얼른 창문을 닫고 도망치듯 베란다를 떠났지.

얼마 후 경찰이 와서 이것저것 물었지만 자긴 아무것도 못 봤다고 딱 잡아뗐어. 그럴 수밖에. 사실을 말할 수는 없었으니까.

그날 밤에 놈은 죽은 402호 여자 집으로 또 몰래 들어갔어. 이번에야말로 몰래카메라를 완전히 회수해야 할 때라고 생각했거든. 혹시 경찰이 조사하다가 발견하면 그야말로 곤란하니까. 서둘러 카메라를 챙겨서 집으로 올라온 놈은 뭐가 찍혔을까 하는 궁금증을 끝내 참지 못했지. 그래서 마지막이라는 심정으로 그 며칠 동안 카메라에 찍힌 영상을 확인했어.

영상을 빠르게 돌려보던 놈은 별다른 게 없자 그냥 종료를 하려고 마우스를 움직였어.

그때였지.

영상의 마지막 부분, 그러니까 가장 최근인 바로 그날 밤 부분에 뭔가가 찍혀 있는 걸 발견했지. 이미 그때는 여자가 죽었으니까 거실에는 아무것도 없는 게 맞지. 그런데 아니었어. 놈은 컴컴한 거실 한 구석에 우두커니 선 누군가를 발견했어. 간신히 실루엣만 보였지만 그게 402호 여자라는 건 어렵지 않게 짐작할 수 있었지. 놈은 그걸 보자마자 영상을 닫으려 했지. 안 됐어. 마우스가 움직이질 않았지. 모니터를 끄려 했는데 그마저도 안 됐고, 컴퓨터 본체의 전원을 눌러도 영상은 그대로였어.

여자는 움직이기 시작했어.

꿈틀꿈틀 춤을 추면서 점점 몰래카메라를 향해 다가왔지. 완전히 뭉개진 오른쪽 얼굴과는 반대로 왼쪽은 멀쩡했고, 거기 달린 하나 남은 눈은 몰래카메라와 그 너머의 놈을 서늘하게 노려보고 있었어. 놈은 꼼짝도 못하고 그 모습을 지켜봤어. 턱이 덜덜 떨릴 정도로 무서웠지만 온몸이 굳어서 움직일 수 없었지. 눈조차 깜박이지 못했어. 부러지고 어긋난 온몸의 관절을 꺾으며 다가온 여자는 몰래카메라 바로 밑에 서서 씩 웃었어. 그러곤 천천히 손을 들어 놈을 가리켰지. 다음은 너라는 듯이.

놈은 그대로 기절했어.

자, 이후에 놈은 엉뚱한 누명을 써서 경찰 조사를 받기도 했어. 하지만 진실은 끝내 말하지 않았지. 사실 말할 수도 없었어. 그때쯤 놈은 이미 정신줄을 놓았거든. 그러고 어떤 일이 있었는지는 잘 알 거야. 놈이 빌라에 불을 질렀지. 자기 몸을 불쏘시개 삼아.

이야기는 그렇게 된 거야.

결국, 죽어야 할 것들은 다 죽었지.

어떻게 모든 걸 다 알고 있냐고?

글쎄. 어떻게 그럴까? 질문에 대한 답은 다른 질문으로 하지.

402호 여자가 이 빌라에 와서 귀기 때문에 더 시달린 이유는 뭘까? 303호의 그 어리숙한 대학생 놈을 충동질해서 미친 짓을 하게 만든 건 누굴까? 203호 남편의 폭력성을 키우고 악의를 더 선명하게 만든 건 누굴까? 502호 남자에게 훔쳐보라고 속삭인 건 또 누굴까?

이 질문들에 대한 답을 생각해 봐. 흐흐흐.

화평 빌라

"이 질문들에 대한 답을 생각해 봐. 흐흐흐."

자신을 103호에 살았던 사람이라 밝힌 늙은 여자의 인터뷰 영상을 확인하면서 우리는 이상한 점을 발견했다. 먼저 알아챈 건 박 피디였다.

"작가님. 초점이 좀 나간 것 같죠? 이분 모습이 흐릿하게 보이잖아요. 찍을 땐 안 이랬는데."

확실히 카메라 속 여자의 모습은 뿌옇고 흐릿했다. 그것만이 아니었다.

"오디오도 좀 이상한 것 같지 않아요? 음성이랑 이분 입모양이 미세하게 어긋나 있잖아요."

나는 여자의 입을 가리키며 말했다. 박 피디가 몇 번이나 돌려보더니 고개를 절레절레 저었다.

"진짜 그러네요. 기술적으론 문제가 없었는데 왜 이렇게 됐지?"

나는 찜찜한 마음을 품은 채 방금까지 여자가 앉아 있던 맞은편 의자를 바라봤다. 우리는 화평 빌라 1층 공동현관 쪽에 자리를 잡고 사람들을 만났다. 내가 마주앉아 질문을 던지고 박 피디가 영상을 찍는 식이었다. 103호는 분명 마지막 인터뷰 대상이었다. 붉은색 티셔츠와 흰색 바지를 입고 새빨간 립스틱을 칠한 채 인터뷰에 응한 늙은 여자는 어딘가 이상한 분위기를 풍겼다.

"여자의 인터뷰 내용 자체도 좀 이상해요. 다른 사람들은 자기가 아는 것만 이야기했는데 이 여자는 알 수 없는 것까지 이야기해 놓고 엉뚱한 질문이나 던지다니……."

내 말에 박 피디도 동의한다는 듯이 한 마디를 거들었다.

"자기가 502호 남자 사정을 다 알 수 없잖아."

"다 지어낸 걸까요?"

나는 박 피디에게 물었다.

"그럴 수도 있죠. 다른 사람들 역시 조금씩 거짓말을 했으니까요."

그랬다. 102호 남자는 자기가 402호 여자에게 흑심을 품고 있었다는 걸 말하지 않았다. 303호 빌라 대표는 아들이 잘못을 저질렀다는 걸 직감적으로 알아챘으면서도 502호 남자가 범인이라 몰고 갔다. 원래 옥상 열쇠를 가지고 있던 건 303호였을 것이다. 빌라 대표니 당연한 일이었다. 사건이 터진 뒤 303호 여자는 그 열쇠가 502호에서 발견되도록 꾸몄다. 어떤 방법을 썼는지는 알 수 없지만 그걸 해냈고 그 결과…….

"아! 부동산 사장님 전화예요."

박 피디가 자기 핸드폰을 들어 보이며 말했다. 내가 고개를 끄덕이자 그는 전화를 받은 후 스피커 모드로 바꿨다. 곧 보금자리 부동산 사장의 걸걸한 목소리가 들렸다.

"끝났어? 궁금해서 연락했어."

"네. 방금 끝났습니다. 이제 철수하려고요."

박 피디가 말했다.

"방금? 생각보다 오래 걸렸네. 셋 다 할 말이 많았나 봐. 허허."

순간 석연치 않은 느낌이 머릿속을 스쳐 지나갔다. 나는 핸드폰에 대고 이야기했다.

"사장님. 셋이라고 하셨습니까? 넷이 아니고요?"

"넷? 아니야. 오늘 오겠다고 한 사람은 셋이었어."

나는 박 피디를 올려다봤다. 박 피디 역시 나를 보면서 더듬더듬 입을 열었다.

"호, 혹시 인터뷰에 응한 그 세 분이 몇 호에 살았던 사람들인지 아세요?"

"내가 그런 것까진 모르지. 난 그냥 화평 빌라 입주민들 연락처를 알고 있었고 그래서 단체 메시지를 보낸 것뿐이야. 오겠다고 한 사람이 셋이었고."

부동산 사장은 태연하게 대답했다. 뭔가 잘못 되어 가고 있었다. 아니, 이미 잘못 된 것 같았다. 서늘하고 축축한 기운이 목덜미를 핥는 느낌이었다. 나는 다시 물었다.

"그럼 여기 누가 살았는지는 대충 아십니까?"

"대충이야 알긴 하는데…… 왜 그러나?"

"중요한 일이거든요. 대답 좀 해 주십시오. 먼저 103호에 혼자 살았던 중년 여성은 어떤 분이었습니까? 혹시 아십니까? 화장이 좀 진하고……."

"없어."

사장은 짧게 말했다.

"네?"

내가 되물었다.

"화평 빌라에는 103호가 없어. 반지하인 거기 구조상 101호와 102호밖에 없어. 다른 층은 안 그런데 거기 반지하만 두 세대뿐이야. 무슨 말인지 알겠어?"

박 피디의 표정이 일그러졌다. 나는 멍하니 허공에 시선을 던졌다. 놀라서 다른 생각을 할 수 없었다. 심장이 불규칙하게 뛰기 시작했다. 흉가라는 곳을 숱하게 다녀봤지만 이런 적은 처음이었다. 진짜로 이상한 일이 벌어진 적은.

"여보세요? 왜 말을 안 해? 무슨 일 있는 거야?"

부동산 사장이 목소리를 높였다.

"아닙니다. 다시 연락드릴게요. 감사합니다."

박 피디는 그렇게 말하며 얼른 전화를 끊었다. 그런 뒤 입을 꾹 닫고는 삼각대를 정리하기 시작했다.

"피디님. 잠깐만요. 인터뷰 영상 한 번 더 보죠."

내가 말하자 박 피디는 내키지 않아 하면서도 카메라를 내밀었다. 나는 그걸 받아들고는 103호의 영상을 재생하려 했다. 하지만······.

"어? 없는데요. 피디님이 삭제하셨어요?"

마지막에 녹화되어 있어야 할 103호의 인터뷰 영상이 아예 사라지고 없었다. 마치 처음부터 그런 건 없었다는 듯이.

"네? 어디 봐요."

박 피디도 카메라를 확인했다. 다음 순간 그의 얼굴에 핏기가 사라졌다.

"분명히 찍었잖아요. 작가님도 봤고 저도 봤잖아요. 그런데 어디 간 거죠?"

"오류로 삭제된 걸지도 모르니까······."

내가 채 말을 끝내기도 전에 카메라 속 영상이 저절로 되감기기 시작했다.

"어어?"

당황한 박 피디가 카메라를 조작했지만 영상이 거꾸로 달려가는 걸 막지는 못했다. 단 몇 초 만에 되감기가 끝난 영상은 다시 저 혼자 재생이 됐다. 수척한 얼굴의 102호 남자가 불안한 표정으로 이야기를 시작했고…….

그 순간 나는 봤다.

1층 공동현관 옆쪽, 원래라면 자전거 같은 걸 세워두는 그 자리에 누군가가 서 있는 걸. 짙은 어둠 속에 파묻힌 그 존재는 102호 남자 뒤편에 서서 우리를 보고 있었다.

나와 박 피디는 동시에 고개를 들어 영상 속 그 장소에 시선을 던졌다. 거기에는 여전히 어둠이 가득했지만 그 외에 다른 것은 없었다. 그래도 우린 알 수 있었다. 서로 말을 하지는 않았지만 그 순간 나와 박 피디는 같은 생각을 했다.

귀신이 우리를 노려보고 있다.

우리 둘은 후다닥 짐을 챙겨서 화평 빌라를 빠져나왔다. 자동차 시동이 잘 안 걸리는 해프닝이 있긴 했지만 그래도 무사히 돌아올 수는 있었다. 박 피디는 돌아오는 차 안에서 내게 말했다.

"작가님. 오늘 일은 없었던 걸로 하면 어떨까요? 이 영상들, 공개하면 안 될 것 같아요."

누구보다 조회수에 목숨을 거는 박 피디의 입에서 나온 말이라 나는 더 진심을 느꼈다. 그는 진짜로 두려워하고 있었다. 물론, 그것은 나도 마찬가지였다.

"알아서 하세요. 그 전에 집에 가자마자 소금 뿌리는 거 잊지 마시고."

박 피디는 고개를 끄덕였다.

이후로도 나는 계속 호러 소설과 괴담을 썼고 박 피디는 유튜브 채널을 운영했다. 우리는 자주 만났지만 절대 화평 빌라 이야기를 입에 올리지는 않았다.

내가 그때의 경험을 털어놓기로 마음먹은 것은 화평 빌라가 철거된다는 소식을 들었기 때문이었다. 화평 빌라, 그 귀신 들린 빌라가 영원히 사라진다면 이야기를 해도 되지 않을까 하는 생각을 했다. 그래도 혹시 모르니 주의를 하시기 바란다.

이 이야기를 끝까지 읽은 후 조금이라도 이상한 느낌을 받는다면 바로 책을 덮고 깨끗한 물에 손을 씻은 후 소금물을 입에 머금었다가 뱉으시라. 그러면 귀신이 붙지는 못할 것이다. 그런데도 찜찜하다면 당분간 어두운 곳에 혼자 머물지는 않아야 한다.

불을 꺼 놓고 이야기의 마지막을 쓰는 지금, 나는 뒤통수에 닿는 따가운 시선을 느끼고 있다.

부디 이것이 여러분을 찾아가지는 않기를 바란다.

오션빌

배명은

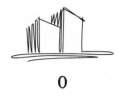

0

새벽, D시 산업단지 동쪽 인적 없는 바다.

거친 바람이 검은 물결을 치대자 파도 소리가 요란했다. 4차
선 해안도로 끝에서 조도가 낮은 가로등 불빛이 갯벌을 잇는 너
른 땅을 비췄다. 사방에서 불어대는 바람에 갈대들이 갈피를 잃
고 마구 요동쳤다. 일렁이는 바닷속에서 사람의 머리가 떠올랐
다. 그것은 천천히 뭍으로 이동했다.

잠겼다가 다시 솟아나길 몇 번, 갯벌로 여자가 밀려들었다.
바닥에 누워있던 몸이 크게 한 번 들썩이더니 가는 두 팔과 다
리로 질퍽한 땅을 기었다. 주황 불빛에 드러난 여자의 모습은
온전치 못했다. 긴 머리카락이 불어 터진 얼굴에 들러붙었고 푸
르딩딩한 몸은 금방이라도 꺾여 바닥에 무너질 것 같았다. 그런
위태로움에도 그녀는 단단한 땅에 발을 내디뎠다.

신호등 빨간불이 맥없이 깜박였다. 여자는 비척비척 텅 빈 도로를 가로질렀다. 높다란 축대 앞에서 잠시 멈춘 그녀는 방향을 틀어 산과 맞닿아있는 언덕을 올랐다. 제멋대로 자란 수풀로 뒤덮인 길 양옆으로 '경축 D시 재개발 구역 지정! 보상금 문의 환영합니다'란 현수막이 있었고 그 맞은편엔 '작물을 키우지 마세요'라는 작은 현수막이 바람에 나부꼈다.

여자의 초점 없는 눈은 허공을 향하다가 언덕 위에 홀로 선 4층 건물에서 멈췄다. 창문에서 창백한 빛이 흘러나왔다. 여자는 불나방처럼 그 불빛에 이끌렸다. 해류를 거슬러 육지에 올라왔듯이 바람을 거슬러 건물에 도착했다.

오션빌, 건물 측면에 붙은 간판을 지나 바람에 휘청거리는 꽃밭을 밟으며 공동 현관으로 향했다. 딸깍, 주황빛 센서등이 좁고 가파른 계단을 비췄다. 여자는 바닷물을 떨구며 201호 앞에 섰다. 손을 뻗지도 않았는데 문을 열리고 어둠이 그녀를 맞이했다. 휘청거리며 들어서자 곧 문이 닫혔다.

쾅!

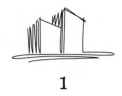

1

평일 오후의 고속도로는 한산했다.

마티즈 내부는 시끄러운 엔진소리와 에어컨이 내뿜는 냉기로 가득했다. 운전하던 의준이 가끔 뭐라고 말했지만, 조수석에 앉은 서윤은 그 말을 무시하며 창밖으로 스쳐 지나가는 풍경을 봤다.

서윤은 어제 혼인신고서에 도장을 찍었다. 결혼식은 없었지만, 도장 한 번에 유부녀가 되었다. 나고 자란 S시에서의 세월을 뒤로 하고 D시로 가는 길 위에서 곰곰이 앞으로 새롭게 펼쳐질 제 2의 인생에 대해 생각했다.

"하아."

계속 서윤이 대답을 하지 않자 의준은 한숨을 쉬었다.

서윤의 짐이라곤 달랑 슈트케이스 하나뿐인데, 자잘한 일이 생겨서 짐을 싸는 데에 몇 시간 정도 걸렸고, 그는 그만큼 기다려야 했다. 의준은 참을성이 없어서 미리 짐을 싸지 않은 서윤을 타박했다. 그렇게 계획성이 없어서 어떻게 살림을 해나갈 거냐며 B시와 D시를 연결하는 큰 다리 하나를 건널 때까지 끈질기고 기가 차게 굴었다. 대충 흘려들은 그의 말에 따르면 그녀에게 계획성이 없는 건 그뿐만이 아니었다. 서른이 넘어서까지 모아둔 돈이 없다는 말이 또 나왔다.

남편인 의준은 동갑이지만 계획이란 게 있어 화물 트럭 운전을 하면서 번 돈을 착실히 모아 산업단지 근처 거주지역에 새로 짓는 아파트를 자가로 분양받았다. 물론 대출을 꼈지만, 그는 내 집을 가졌다는 점에 상당히 자부심을 가졌다. 지인의 소개로 처음 만났을 때에도 의준은 그 점을 내세웠다. 몇 달 만에 결혼 이야기가 나온 까닭도 그 때문일 것이다. 집 다음 목표는 안정적인 가정이었으니까.

서윤은 그 돈에 대해선 할 말이 있었다. 의준을 처음 만났던 그때 그녀는 막 직장을 잃었고 다음 직장을 찾는 기간이 길어지면서 하루하루 생활비로 모아뒀던 돈을 다 써버렸다. 그나마 적금은 깼을지언정 대출은 없으니 스스로 장하다는 생각까지 했다. 직장만 구한다면 돈이야 언제든 모을 수 있었으니까.

그러나 서윤의 생각과 달리 의준은 급했다. 그런 그녀에게 결혼에 대한 의향을 물었던 것이다. 서윤은 어떻게 대답해야 할지 몰랐다. 짧은 교제 후 나온 말이라 당황스러웠고 평소 생각했던 프러포즈도 아니어서 황당했다. 오히려 너무 현실적이어서 문제였다.

의준의 말은 이랬다. 그는 집 사느라 돈을 다 썼고 서윤에겐 모아둔 돈도 없었으니 결혼식이 없는 결혼을 하자고 했다. 너무 직설적이라 자리에서 박차고 일어나고 싶었다. 그녀의 친구들은 모두 근사한 웨딩홀에서 결혼했는데 자신만 결혼식을 하지 않는다는 데에 기분이 나빴고, 때가 됐으니 결혼을 해야 한다는 의준의 말투 또한 마음에 들지 않았다. 당장에 거절하고 싶었는데 문득 그 다음에 펼쳐질 나날을 생각하니 너무 막막해서 등 뒤가 쭈뼛했다. 서윤은 미래가 두려워졌다. 거절하면 어떻게 되는 걸까.

'우리는 헤어질 테고 그는 다른 여자를 만나 결혼을 할 테지. 그러면 나는? 나에겐 다음이 있을까.'

더는 생각조차 하기 싫었다. 서윤은 기분 따위는 마음 깊숙이 묻어두고 그와 결혼하기로 동의했다.

"그만 좀 해. 그동안 자기 사는 집에 오가면서 새 물건 채워 넣느라 피곤했단 말이야. 혼인신고까지 하니 맥이 풀려서 잠들어버렸고. 아침부터 부모님이 이거 했냐, 저거 했냐고 계속 묻는 바람에 정신이 없었어."

"그럼 내가 물었을 땐 다 샀다고 말하지 말지."

"그땐 시간이 충분할 줄 알았지."

"너는 그게 문제야."

"자긴 이게 문제고."

의준은 이게 문제였다. 잔소리가 한 번 시작되면 멈출 기미가 보이지 않았다. 1절만으로 충분했지만 제 분이 풀릴 때까지 계속 떠들어댔다. 처음엔 미안하다가도 나중엔 질려서 오히려 화와 짜증이 났다. 그녀는 이를 악물며 그를 노려봤다. 신혼을 시작하는 설렘과 두려움은 온데간데없었고 당장 차를 돌려 집으로 가고 싶어졌다.

그 마음을 읽었는지 의준이 드디어 입을 다물었다.

위이잉위이잉. 그사이 서윤의 핸드백에서 몇 번이고 진동상태로 핸드폰이 울렸다.

의준의 경차가 D시의 산업단지에 진입했다. 경차는 퇴근하는 차들로 가득한 산업단지 내의 도로를 가로질렀다. 휑한 공장 부지들을 지나 그와 마주한 산동네를 향해 오르막길을 올라갔다. 낡은 건물들 사이 새로운 거주지역으로 재개발한다는 내용의 현수막들이 바람에 펄럭였다. 눈이 닿는 건물마다 그 안은 텅 비었다. 재개발로 이곳에 살던 사람들이 떠나간 흔적들이 사방에 있었으나 그렇다고 모든 곳은 아니었다.

아직 몇몇 주민들이 이 동네에 남았고 그중에 의준도 있었다. 출장이 잦은 그는 새집을 살 때까지 제 몸 하나 누울 수 있고 값

싼 월세로도 살 수 있는 오래되고 낡을 대로 낡은 빌라에서 살았다. 서윤은 새 아파트에 입주하기 전까지 현재 의준이 살고 있는 그 빌라에서 함께 살기로 했지만, 하루빨리 이곳에서 벗어나고 싶었다.

그녀는 언제나 이곳이 못마땅했다. 공기 중에는 늘 바닷가의 비린내와 공장 쇳내가 풍겼다. 공장마다 굴뚝에선 잿빛 연기가 피어올랐고 어디에서나 쿵쾅쿵쾅 철과 철이 맞부딪히는 소음이 들렸다. 널따란 도로에는 몸체가 커다란 화물차들이 쏜살같이 달리며 경적을 울려댔다. 산에 접한 언덕 위 빌라와 공장들은 언뜻 멀찍이 떨어져 있는 것처럼 보였지만, 도로를 조금만 달려보면 언제 어디서나 자신들의 존재를 드러냈다.

게다가 높다란 공장 지붕이 노을을 가리면 산업단지엔 이른 밤이 찾아왔다. 가로등이 켜지고 도로에 검은 그림자가 지면 사람들은 집으로 서둘러 돌아갔다. 그렇게 도로마저 비어버리면 사람이 사는 곳이라는 생각이 전혀 들지 않았다.

서윤은 그 산업단지의 밤이 무서웠다.

그녀는 흉물스러운 건물들과 오후의 햇살 사이에서 편의점을 발견했다. 매일 밤낮 없이 불을 밝히는 곳이었다. 여기서 머물 기간은 두어 달뿐일 테지만, 그래도 저 편의점이 있어 얼마나 다행인지. 텅 빈 공장, 텅 빈 도로, 텅 빈 거리. 다 허물어져 가는 이 동네에서 유일하게 온기가 느껴지는 곳이라곤 저 편의점뿐이었다.

  오션 빌라가 보였다. 낡은 벽돌로 지어진 4층 건물은 멀리서
도 사람들이 살고 있다는 흔적이 보였다. 활짝 열린 창문들과
베란다. 베란다에 쌓인 집기와 창문 위 빨랫줄에 매달린 채 바
람에 흔들리는 빨래들. 서윤이라면 잔뜩 오염된 공기 때문에 절
대 창문을 열지 않을 테지만. 이런 사람 냄새가 나는 모습을 보
니 두려움이 누그러졌다.

  차가 빌라를 향해 좌회전하자 막 그곳에서 나오던 이삿짐을
실은 용달차와 맞닥뜨렸다. 남자 둘이 보였다. 그들은 표정 없는
얼굴로 의준과 서윤을 쳐다봤다. 의준의 차가 먼저 우측으로 붙
자 용달차는 옆으로 수월하게 지나갔다. 그들이 지나간 자리에
서 폴폴 흙먼지가 날아올랐다.

  의준은 빌라를 감싼 담벼락을 따라 바다가 보이는 곳에 주차
했다. 서윤은 차에서 내리자마자 다시 에어컨 냉기로 가득한 차
안으로 들어가고 싶었다. 바다 냄새가 섞인 공기에 열기가 대단
해서 제대로 숨을 쉴 수가 없었다. 그녀는 손으로 해를 가리며
바다 멀리 수평선 위로 잔뜩 찌푸린 하늘을 보았다. 잿빛의 구
름이 다가오고 있어 금방이라도 비가 쏟아질 것 같았다.

  원피스 치맛자락이 사방으로 나부꼈다. 의준이 뒷좌석에서
슈트케이스를 꺼냈다. 깨지고 금이 간 콘크리트 바닥 위로 바퀴

가 덜컹거리며 굴러갔다. 근처 허리 굽은 소나무에선 세찬 바람에도 개의치 않고 매미가 울어댔다. 서윤은 그 밑에 있는 정원석을 보다가 이내 시선을 돌렸다.

앞서는 의준의 뒤를 따라갔다. 빌라 측면에 '오션빌'이라는 글자를 보았다. 그 밑에 희미하게 '라'라는 자국이 있었으나 그곳에 붙었던 글자는 오랜 세월과 비바람에 뜯겨나갔다고 했다. 지을 때는 바다가 보이는 빌라라고 자부했을 테지만, 붉은 벽돌로 꽉 막힌 측면이 바다를 향할 뿐 정작 집 정면으론 공장단지가 보이고 뒤로는 산이 보였다.

"서윤아, 조심!"

측면을 지나 공동 현관 쪽으로 돌자마자 울타리 없는 꽃밭이 있었다. 의준이 소리치지 않았다면 양귀비꽃을 밟을 뻔했다. 주황색과 붉은색의 꽃들은 그 생명력이 한풀 꺾인 모습이었는데 101호에 사는 할아버지가 일일이 지지대를 세워 노끈으로 묶었다. 노인의 탁한 눈동자가 서윤을 바라봤다.

"아, 안녕하세요."

바람에 제멋대로 흩날리는 머리카락을 붙들며 서윤은 인사했다.

"앞을 제대로 보고 다녀야지."

의준이가 도리어 큰소리를 냈다.

"간밤에 밟은 임자는 따로 있는데 새댁이 뭔 잘못이 있겠는

가. 밟지 않았으니 괜찮소."

할아버지는 다시 꽃대 옆에 지지대를 세우며 바닥에서 노끈을 주웠다.

"낮게라도 울타리를 쳐두라니까."

공동 현관 앞 의자에 앉아있던 할머니가 투덜거렸다. 반백의 할머니는 쥐고 있던 지팡이로 바닥을 두드렸다. 왜소한 몸에 비해 커다란 옷 밑으로 오른팔이 부자연스럽게 움직였다. 주름진 얼굴이 서윤에게 향했다. 매서운 눈이 위아래를 훑었으나 그뿐, 잘게 떨리는 입술은 더는 열리지 않았다.

"오다가 봤는데 201호 이사 가더라고요."

"어어. 뭔 일이 있는지 급하게 가더구만. 마누라 먼저 이사하는 집에 보내놓았다는데, 맘이 안 놓이는지 남자가 어찌나 일꾼을 보채던지. 내가 다 정신이 없더라고."

"흥!"

그 말에 할머니가 코웃음을 쳤다. 서윤이 그녀를 돌아봤지만, 역시나 입을 꾹 다문 채였다.

"그럼 들어가 보겠습니다."

"어어."

할아버지는 어서 들어가 보라는 손짓을 했다.

"하루가 멀다고 마누라 개패 듯이 잡더니만 이제 그 소리 안 들어서 속 시원하다."

등 뒤에서 할머니가 다시 투덜거렸다.

"어이구, 이제 흉잡을 사람 없어 심심해서 어쩌나. 우리 마누라."

할아버지의 농담이 마음에 들지 않은 지 할머니의 콧방귀 소리가 들렸다.

서윤은 의준을 따라 공동 현관 안으로 들어갔다. 오래된 건물 냄새에 섞여 반쯤 열린 101호 집 냄새가 났다. 분변과 무언가가 썩는 듯한 비릿한 냄새였다. 1층에 감도는 그 냄새에 도저히 적응되지 않아 숨을 참았다. 자연히 계단을 올라가는 걸음이 빨라졌고 2층에 이르러서야 숨을 내쉴 수 있었다.

202호의 문은 굳건히 닫혔으나 공기 중에 미미하게 향신료 냄새가 났다. 202호에는 외국인 노동자 커플이 산다는 얘기를 얼핏 의준에게서 들었다. 서윤은 결혼 전 이곳에 오갔을 때 그들과 한 번도 만나지 못했다. 그들은 언제나 늦게까지 일을 했다. 그 대신 201호 부부는 종종 봤는데 할머니가 말했던 대로 그 집은 부부가 매일 싸웠다. 싸우는 모습을 직접 보지는 않으나 남자는 아내에게 언제나 무례했고 입에 욕을 달고 살았다. 그 부부와 마주쳤을 때 전혀 그런 사람이 아니라는 듯 서윤에게 깍듯이 인사했다. 어찌나 목소리까지 부드럽던지 처음엔 소리 지르는 게 그 남자가 아닌 줄 알았다. 그러나 며칠 뒤 늦지도 않은 저녁, 술에 취해 집에 들어가는 모습을 보았고 그날 밤, 그가 소리를 치기 시작하자 그의 아내가 비명을 내질렀다. 서윤은 그 일방적인 폭행이 불편하게 느껴졌다. 집안의 문이란 문은 꽁꽁 닫았는데도 그 악에 받친 소리는 스멀스멀 안으로 흘러들었다. 의준은 신경 쓰지 말라고 했는데 온 빌라에 울리는 그 소리를 어떻게 신경 안 쓸 수가 있을까. 오히려 무던하게 넘기는 의준이 얄미울 때가 여러 번이었다.

"저 정도면 이혼해야 하는 거 아니야? 나라면 도망간다."

이렇게 말했을 때 의준은 어깨를 으쓱였다.

"도망갈 데가 없어서 그러지 않을까?"

그때 서윤은 무심한 말을 내뱉는 의준의 어깨를 때렸다. 그런 그들이 이사 가다니. 그녀는 군데군데 녹이 슨 회색 철문 위에 붙은 201호란 숫자를 보고 더는 그런 불편을 감수하지 않아도 된다는 생각에 안심했다.

의준은 301호 집 앞에서 도어록의 비밀번호를 눌렀다. 익숙한 디지털 음과 함께 문이 열렸다. 서윤은 발치에 굴러다니는 먼지를 발로 밀었다. 302호 옆집 남자는 혼자 산다는데 현관문 앞을 치우는 적이 없었다. 의준의 말로는 백수라서 그런지 가만히 들어보면 그 집안에서 인기척이 들렸다. 딱히 큰 소음도 없어서 불만은 없지만, 자기 문 앞은 자기가 치우는 게 당연한 게 아닌가 싶었다. 툭하면 계단 옆 열린 창문으로 바람이 들어와 그 집 먼지를 이쪽으로 보냈다. 뭐라고 하기도 애매해서 보일 때마다 쓸어대지만 매번 이러니 짜증이 났다.

'언젠가 만나면 보는 앞에서 쓸어버려야지.'

의준의 집은, 아니, 이제 서윤도 함께 살 집은 문을 열어놓지 않아서 여름의 열기로 가득했다. 의준은 슈트케이스를 안방에 두고 거실에 새로 장만한 스탠드 에어컨의 전원을 켰다. 서윤에게 모아둔 돈이 없었으나 부모님은 집안의 첫 개혼이라 신경이 쓰이셨는지 가전 몇 개를 새로 사주셨다. 에어컨과 공기청정기, 밥솥, 침대. 덕분에 눈칫밥은 얻어먹지 않아도 되었다.

의준은 일찍 부모님을 여의었고 형제도 없었다. 게다가 아주 예의는 없는 사람이 아닌지라 서윤의 부모님께 감사하다는 말을 잊지 않았다. 항시 서윤의 부모님께 안부 전화를 했고 결혼 승낙받을 때 평생 제 부모처럼 모시겠다고 말해서 반대하던 엄마의 마음을 돌려놓았다.

소파에 앉아 쉬던 서윤은 도착하면 전화하라던 엄마의 말이 떠올랐다. 핸드폰을 꺼냈더니 부재중 전화 세 통과 음성 메시지가 하나 있었다. 모르는 전화번호였다. 먼저 음성 메시지를 들었다. 남자 목소리가 들렸다.

─나야. 전화를 받지 않아서 메시지 남겨. 그때 일은 내가 미안해. 화가 나서 나도 모르게 손을 올렸어. 반성하고 있어. 애들도 자길 기다리고 있어. 엄마도 자기한테 미안하다고 전해달래.

이거 들으면 전화 받아줘.

그걸로 끝이었다. 서윤은 황당해서 핸드폰을 노려봤다. 마치 핸드폰이 전화 건 남자인 것처럼 인상을 찌푸리며. 화장실에서 대충 씻고 나온 의준이 그런 서윤을 봤다.

"왜 그래?"

"이놈의 나라엔 온통 여자 때리는 남자밖에 없어?"

"뭔 소리야?"

"이거 좀 들어봐!"

서윤은 옆에 앉는 의준에게 음성 메시지를 들려줬다. 가만히 듣던 의준은 핸드폰을 서윤에게 다시 건네며 말했다.

"잘못 걸려 온 거야?"

"그럼 나한테 하는 말일까?"

"혹시 모르지. 나도 모르는 너의 과거……"

더는 들을 수 없어 서윤이 그의 팔을 때렸다. 그 반응에 의준이 웃었다.

"알았어, 미안 미안. 그냥 무시해. 잘못 걸려 온 거라며? 신경 쓸 가치가 없어."

"이런 전화 기분 나빠. 새 번호가 문제 있나 봐."

서윤은 며칠 전에 쓰던 핸드폰을 잃어버렸다. 딱히 전화 올 데도 없었고 결혼도 했으니 새 출발 하자는 마음으로 새 핸드폰으로 개통하면서 번호까지 새롭게 바꿨다. 그 번호가 이 남자의

아내 거였나. 그 누구의 거였든, 그걸로 낯선 사람에게 전화 오
는 게 너무 싫었다. 전화번호를 다시 바꾸기는 귀찮아서 그녀는
그 번호를 수신 차단했다. 의준이 그녀의 어깨를 도닥이며 자리
에서 일어났다.

"배고프다. 밥 먹자. 아, 나 모레 Y시로 출장 가는 거 잊지 않
았지?"

부엌으로 향하며 그가 물었다. 그 말을 들은 기억이 났다. 저
도 모르게 한숨이 나왔다.

"나 혼자 집에 있기 싫은데."

의준이 화물 수송 건으로 출장이 잦다는 건 알았지만, 그동안
각자 집에서 보냈을 땐 아무 상관이 없었다. 막상 결혼하자마자
출장이라니. 울적했다. 신혼 며칠 만에 이 적막한 도시, 외딴집에
홀로 남아있어야 한다니 어색하고 싫었다. 외롭고 낯설고 무서
울 것 같았다. 의준이 출장 간 동안에는 친정집에서 지내고 싶었
으나 그는 서윤이 이 집에 빨리 익숙해져야 한다며 반대했다.

"전화 자주 할게."

101호

현자는 뜬눈으로 천장을 봤다. 방안에 낮은 조도의 불빛이 얼룩 몇
개를 비췄다. 거실에서 남편의 코 고는 소리가 들려왔다. 이번엔 안방

문 너머로 같은 불빛이 켜진 거실을 봤다. 이쪽에선 바닥에 누운 남편의 모습이 보이지 않았다.

현자는 침대에서 일어났다. 평소 남편이 그녀의 손발이 되어 도움을 줬으나 화장실만큼은 혼자 갔다. 아픈 마누라 똥오줌까지 받게 하고 싶지 않았다. 언제까지고 혼자 할 수는 없겠지만, 하는 데까지 힘내보기로 했다.

지팡이를 짚고 조심히 걸음을 옮겼다. 온 집에 조명을 켜둔 건 밤중에 넘어지지 말라는 남편의 배려였다. 이럴 땐 속 깊은 그가 고마웠다. 그러나 그뿐이다. 쓸데없는 고집이 세서 제 기준 미달이면 한도 끝도 없이 파고들었다. 잘해줘야지 하다가도 그 고집불통에 속이 터져 소리를 지르게 했다. 이번엔 꽃밭이 말썽이었다.

요즘 누군가가 꽃밭을 망가트렸다. 매일같이 땡볕에 나가 지지대를 세우면서도 남편은 그 괘씸한 놈을 잡을 생각이 없어 보였다. 경찰에 신고하자고 했더니, 이렇게 세우면 되지 뭘 귀찮게 하냐는 대답이 돌아왔다. 그때 현자는 뒷목을 잡았다. '내가 저 답답이 때문에 풍이 두 번 오지!'라고 소리쳤던 게 기억났다. 그렇다고 뭐 어쩌겠는가? 버릴 수도 없고. 늙고 거동도 불편해 도망치기에도 늦었다.

털털털, 돌아가는 선풍기 너머로 활짝 열린 베란다 문이 보였다. 방충 창 너머까지 불빛이 새어 꽃밭을 희끄무레하게 비췄다. 바람이 부는지 꽃들이 하늘하늘 움직였다. 그때 선풍기 소리에 섞인 발소리가 들렸다. 현자는 지팡이 끝으로 선풍기를 껐다. 잠시의 적막, 곧 이어지는 발소리. 꽃밭을 망치는 범인이다. 그녀는 조심조심 누워있는 남편 옆을 지나 베란다 가까이 다가갔다. 옅은 빛 속으로 꽃이 스러지고 한 여자가 나타났다.

긴 머리카락에 가려 얼굴이 보이지 않았다. 무척 낯설었다. 게다가 비도 오지 않는데 홀딱 젖은 채였다. 꽃밭을 가로지르는 여자의 몸은 흔들리는 꽃처럼 비틀거렸다. 술이라도 마셨나. 체구가 3층 여자와 비슷했다. 누구든 가서 면상을 확인하고, 뭐라 하려고 했다. 지팡이로 바닥을 짚자 여자가 걸음을 멈췄다.

그녀가 이쪽을 봤다. 현자는 모든 행동을 멈췄다. 젖은 머리카락에 가려 얼굴을 볼 수 없는 데도, 등 뒤로 한기가 올라왔다. 숨까지 참았다. 몸이 오들오들 떨렸다. 여자는 산 사람 같지 않았다. 그녀가 천천히 이쪽으로 다가왔다. 꽃가지가 짓밟혀 쓰러졌다. 금방이라도 들킬 것 같았다. 도망쳐야 했으나 몸이 제대로 움직이지 않았다.

쏴아아. 바람이 휘몰아쳤다. 지척에 소나무 가지가 흔들렸다. 여자가 그곳으로 시선을 돌렸다. 가만히 나무를 바라보던 여자가 천천히 방향을 틀어 걸음을 옮겼다. 공동 현관문 쪽으로 갔다. 이내 어느 집 문이 쾅 하고 닫혔다.

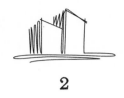

2

쾅!

어두컴컴한 밤이었다. 서윤은 현관문이 닫히는 소리에 놀라 잠에서 깼다. 일부러 켜둔 스탠드 불빛에 낯익은 천장이 보였다. 잠시 잠이 덜 깨 자신이 왜 깨어났는지 몰라 얼떨떨했다. 뒤늦게 현관문이 요란하게 닫힌 소리를 떠올린 그녀는 자리에서 일어나 안방 불을 켰다.

잠결에 들렸기에 우리 집 문인지 남의 집 문인지 알 수가 없었다. 출장 간 의준은 내일이면 돌아올 것이었다. 지금, 이 새벽 두 시에 집에 올 일은 없다는 말이다.

안방 문을 여는 손이 떨렸다. 도둑이나 강도일까 봐 잔뜩 긴장했다. 제정신이었다면, 침입자가 조용히 행동했을 거란 이성적인 판단을 내렸을 것이었다. 서윤은 두려운 나머지 어두운 거실이 눈에 들어오자 한 발자국도 문지방을 넘지 못했다.

낯선 소음이 들려 눈알만 굴려 컴컴한 부엌을 봤다. 냉장고 모터가 돌아가는 소리가 유독 크게 들렸다. 그 소리 외엔 집안은 고요했다. 혹시나 다른 소리가 들리지 않을까 귀를 쫑긋 세웠다. 한참을 서 있어도 별다른 소리는 들리지 않았다. 그제야 문지방을 넘어 거실 불을 켰다.

갑작스러운 환한 불빛에 눈이 부셨다. 살짝 감기는 시야로 익숙한 집안이 보였다. 어느 정도 불빛에 익숙해지자 서윤은 현관문으로 갔다. 도어록 외에 철제 손잡이의 잠금쇠는 잠겨있었고, 보조잠금장치인 체인 고리도 완벽하게 잠겼다. 그래도 안심이 되지 않아 그녀는 집안을 돌아다니며 베란다를 가리는 커튼을 들추고, 옷방 겸 작은 방으로 가서 불을 켜 일일이 사람이 들어갈 만한 곳을 들쑤셨다.

이제 안전하다는 생각에 이어 화가 났다. 대체 누가 예의도 없이 한밤중에 현관문을 요란하게 닫는 걸까? 낡은 빌라가 소음에 취약한 건 이곳에 사는 사람이라면 다 아는 사실이었으니 양심이 없어도 너무 없었다. 나는 민폐 끼칠까 봐 큰소리 내지 않으려고 살금살금 다녔다고.

'아, 맞다. 아랫집 이사 갔으니 이제 그럴 필요 없지?'

서윤은 부러 발을 구르며 거실을 가로질렀다. 하품이 나왔다. 불을 끄기 전에 집안을 한 바퀴 둘러봤다. 탁. 스위치를 내리자 검은 어둠이 마지막 잔상을 집어삼켰다.

서윤은 안방의 불도 끄고 문도 잠갔다. 여전히 스탠드 불빛만이 남아 두려움을 몰아냈다. 그녀는 침대 위에 누워 최적의 자세를 잡아봤다. 바로 누워도 보고, 모로 누워도 보고, 엎드려도 보고. 눈을 감고 있는데도 불빛에 눈이 부셨다. 베개로 얼굴을 가렸다. 코까지 막혀 숨을 제대로 쉴 수가 없었다. 그녀는 베개를 치우고 자리에서 일어나 협탁 위에 있는 에어컨 리모컨을 찾았다. 운전 버튼을 누르자 시원한 바람이 흘러나왔다. 취침 예약 시간을 정하고 다시 누웠다. 다시 눈을 감고 몸을 이리저리 돌렸다.

잠이 오지 않았다.

쨍한 햇살이 내리쬐는 오전이었다. 잠을 설친 서윤은 평소보다 늦게 일어났지만, 간신히 눈을 떴다. 이대로 침대에 누워서 빈둥거리고 싶었으나 오후에 의준이 돌아올 때를 대비해 장을 봐야 했다. 잠을 깨려고 샤워를 했다. 오늘도 얼마나 더우려나. 아침부터 푹푹 쪘다. 밖으로 나오자 금방 땀이 났다. 잔뜩 뭉친 목 뒤쪽을 주무르며 계단을 내려오자 공동 현관 맞은편에 1층 할머니가 늘 앉던 자리에 앉아있었다.

서윤은 향나무 그늘 밑에 있던 할머니에게 인사했다. 대꾸 대신 할머니는 고개를 돌려 꽃밭에 있는 할아버지를 바라봤다. 건물 밖으로 나서자마자 강렬한 햇볕에 구워지는 기분이 들었다. 열기에 숨이 턱 막혀서 인상을 찌푸리며 옆을 보는데 꽃밭에 쪼그리고 앉아있는 할아버지가 시야에 들어왔다. 또 누군가가 꽃밭을 밟았는지 지지대가 부러지거나 휘어져 바닥에 떨어져 있었다. 할아버지는 그걸 다시 일일이 세웠다.

또? 누가 저런 못된 장난을 치는 거지? 지지대까지 세웠으면 누가 키우는 거라 충분히 생각할 수 있을 텐데. 용의자는 이 빌라 사람이었다. 그 생각에 이르자 새벽에 누군가가 현관문을 세게 닫았던 일이 떠올랐다. 범인은 같은 사람이 아닐까?

서윤이 곰곰이 생각하고 있는데 자신을 뚫어지게 쳐다보고 있는 할머니와 눈이 마주쳤다. 할머니 눈빛이 심상치 않았다. 저 눈빛은, 설마, 나를? 얼결에 손을 휘휘 내저었다.

"저는 아니에요."

"누가 뭐랬어?"

"어이고, 3층 새댁이구만."

할아버지가 고개를 돌려 아는 체를 했다.

"안녕하세요."

할아버지가 대답 대신 흙 묻은 손을 흔들었다.

"누가 이렇게 나쁜 짓을 한대요. 고생이 많으세요."

마음이 편치 않아 죄지은 사람처럼 고개를 조아리며 말했다.

"도둑고양이가 그랬겠지. 제 영역이라 생각하면 뛰어놀고 그러는 거지."

"흥!"

무슨 할 말이 많은지 할머니는 입을 삐쭉였다. 그러나 별다른 말은 없었다.

"어디 가는가?"

"남편이 오늘 와서 저녁 찬거리 좀 사려고요. 그럼 다녀오겠습니다."

"어어, 솔동으로 가는 거지? 조심히 다녀오시게. 여긴 차들이 세게 다니니까 길 건널 때도 항시 좌우를 살펴야 해."

솔동은 마을버스를 타고 십여 분을 가면 나오는 거주 단지였다. 그곳에 큰 마트가 있어서 장을 볼 땐 번거롭더라도 그곳으로 갔다. 몇 달 후 서윤도 그곳 새 아파트에 입주하면 더는 이처럼 귀찮은 일이 없을 것이었다. 할아버지가 어서 다녀오라고 손짓했다.

서윤은 지체하지 않고 몸을 돌려 걸음을 빨리했다. 할머니의 눈길이 한시도 자신을 떠나지 않아 찜찜했다. 의심하지 않는다고 말했어도 분명 의심하는 눈초리였다. 지레 놀라 노부부 앞에서 성격에도 안 맞는 아양을 떨다니. 다녀오겠습니다? 그걸 말한 게 자신의 요 주책맞은 입이 맞는지 서윤은 제 입을 때렸다. 오갔던 대화들이 다시 떠오르자 절로 몸서리를 치며 그녀는 핸드폰을 든 채로 팔짱을 꼈다.

햇볕이 너무도 강렬해서 눈앞이 아찔했다. 그늘 밑만 골라가
며 언덕을 내려갔다. 편의점을 지날 때 그 앞 파라솔 밑에서 소
주를 술잔에 기울이는 남자를 봤다. 그는 덥지도 않은지 검은
잠바에 청바지 차림이었는데, 덥수룩한 수염과 선글라스 때문
에 얼굴을 가늠할 수가 없었다. 아무렇게나 자란 더벅머리에 희
끗희끗한 흰머리가 보여 나이가 좀 있으리라 여겨졌다. 이 더위
에 대낮부터 술이라니. 괜히 시비라도 걸릴까 봐 서윤은 그에게
서 멀리 떨어진 그늘 밖으로 걸었다. 얼마간 됐다 싶어서 그늘
에 다시 찾아드는데 핸드폰이 울렸다.

모르는 번호였다. 지역번호로 오는 것도 아니었고, 070으로
시작되는 번호도 아닌, 010으로 시작되는 번호. 혹시 몰라 전화
를 받았다. 미처 저장하지 못한 지인이거나 아니면 택배 기사의
전화일 수도 있었다.

"여보세요?"

아무 소리도 들리지 않았다. 전화가 끊어졌나 싶어서 핸드폰
을 봤다. 시간이 가고 있었다. 다시 물었다.

"여보세요?"

돌아오는 대답은 없었다. 잘못 걸린 전화라 생각한 서윤은 전
화를 끊었다. 멈췄던 걸음을 옮기며 그녀는 맑은 하늘을 바라봤
다. 날씨가 참 더웠다. 다음부턴 의준이 있을 때 장을 보기로 다
짐하며 서윤은 신호등으로 향했다.

마을버스에서 내린 서윤은 바람 한 점 없는 정류장에서 숨을 골랐다. 양손에 가득한 짐들이 거추장스러웠다. 이렇게 많이 살 예정은 아니었다. 그러나 원플러스 원 행사와 이벤트 세일 품목들은 다 필요해 보였다. 그것들을 보이는 족족 카트에 담다 보니 시간은 시간대로 흐르고 짐은 짐대로 많아졌다. 계획 없다며 잔소리를 해대던 의준을 욕할 게 아니었다. 해는 아직도 중천에 떠 있었고 사방에선 그칠 기미가 보이지 않는 매미가 떼지어 울어댔다.

'아이스 커피라도 마시고 올걸.'

버스 시간이 촉박해서 커피숍을 뒤로하고 버스정류장까지 뛰다시피 걸었다. 그때까진 기운이 남아있었는데 막상 버스에서 땀을 식히고 내리니 양손과 두 다리는 천근만근이었다.

'다음 버스가 올 때까지 그냥 죽치고 앉아서 기다릴걸.'

서윤은 경사가 가파른 오르막길을 올려다봤다. 집까지 가려면 저 길을 통과해야 했다. 엄두가 나지 않았으나 어쩔 수 없는 일이었다. 긴 한숨을 내뱉으며 그녀는 그늘 한 점 없는 길을 오르기 시작했다. 종아리 근육이 금방이라도 터질 것 같았고 어깨는 이미 빠진 것 같았다. 식었던 땀이 금세 옷을 적셨다.

"내가 왜 그랬을까. 내가 무슨 부귀영화를 누리겠다고, 잘 하지도 않는 음식을 하겠다고, 그냥 대충 먹을 것이지. 으이그. 쓸데없는 욕심, 그놈의 욕심 때문에."

자책이 주문처럼 술술 흘러나왔다. 무거운 걸음으로 중반까지 왔다 싶을 때, 편의점이 보였다. 만세! 속으로 외치며 그곳으로 향했다. 다행히도 밖에서 술 마시던 남자는 보이지 않았다. 문을 열자 종소리가 울리며 시원한 에어컨 바람이 그녀를 맞이했다.

'아, 살 것 같다.'

한편에 짐을 내려놓고 서윤은 잠시 서서 숨을 돌렸다. 편의점 유니폼 조끼를 입은 중년의 여인이 그런 그녀를 이상한 눈초리로 바라봤다. 거침없이 얼음 컵과 아메리카노 팩을 집어 들어 카운터 앞에 올려놨다.

"밖에 많이 덥지?"

"네. 죽는 줄 알았어요."

이곳은 축복받은 편의점이었다. 메마른 사막의 오아시스 같은. 계산하고 편의점 내부에 준비된 테이블에서 아메리카노를 얼음 컵에 따랐다. 얼음 알갱이가 커피 위로 부유했다. 서윤은 참지 못하고 빨대로 대충 휘휘 저어 빨대 없이 벌컥벌컥 마셨다. 목마름이 가시며 차가운 액체는 양 볼에 화끈거리던 열기를 잠재우고 목구멍을 지나 명치에 이르렀다. 급하게 들이켜서인지 머리에 띵하며 통증이 밀려왔다. 관자놀이를 몇 번 꾹꾹 누르자 통증은 사라졌다. 깊은 안도의 숨을 내쉬었다. 정말이지 살 것 같았다.

딩동. 그때 핸드폰에서 메시지 음이 들렸다. 뒷주머니에 찔러 넣었던 핸드폰을 꺼내 들었다. 의준이 집에 왔다며 어디냐는 메시지였다. 예상보다 이른 시간에 그가 퇴근한 것이었다.

"에이씨."

서윤은 바닥에 아무렇게나 놓인 짐들을 봤다. 좀 더 빨리 연락을 주지 않은 그가 괜스레 얄미웠다. 그랬다면 마트에서 만나 편히 올 수 있었을 터였다. 여기까지 온 생고생을 의준이 알 리 없겠지만, 저도 모르게 짜증부터 났다. 그녀는 그에게 편의점이며 짐이 많으니 마중 나오라는 문자를 보냈다. 이곳에서 기다릴까도 생각했으나 한시라도 빨리 가서 눕고 싶었다. 마저 커피를 다 마시고 서윤은 편의점을 나섰다. 그래도 시원한 에어컨이 있는 곳에서 아이스 아메리카노를 마셨더니 반짝 기운이 났다.

아스팔트의 열기가 고스란히 전해졌지만, 에어컨을 쐬고 나온 그녀는 잠시 무적이었다. 운동화를 신은 발걸음이 힘찼다. 양손에 든 묵직한 비닐봉지가 걸음을 옮길 때마다 바스락거렸다. 뜨거운 바람이 오르막 꼭대기에서부터 불어왔다. 이제는 익숙해질 때도 됐는데 바람에 섞인 바다 짠 내는 코끝을 찡그리게 했다.

터벅터벅. 오가는 이가 없던 길에 서윤의 발소리 뒤로 다른 이의 발소리가 들렸다. 빌라로 향하는 길로 몸을 틀자 그 소리가 뒤따랐다. 힐끗 뒤를 돌아봤다. 아까 편의점 앞에서 술을 마시던 남자가 무심하게 그녀의 뒤에서 오고 있었다. 골목 양옆에 있는 집 중에 한 군데라도 들어갈 줄 알았는데 그 남자는 빌라 입구까지 쫓아왔다. 꽃밭에 있었던 노부부는 집에 들어갔는지 보이지 않았다.

공동 현관 입구에서 여전히 자신을 따라오는 남자를 보니 덜컥 겁이 났다. 괜한 생각일지도 모르겠으나 술 취한 낯선 남자였다. 선글라스에 덥수룩한 수염으로 제대로 된 얼굴과 표정을 분간할 수 없었고 금방이라도 자신을 해코지할 것 같았다. 여기는 인적이라곤 없으니까 최적의 장소라고 생각했을지도 몰랐다.

남편이란 작자는 코빼기도 보이지 않았다. 그래도 소음에 취약한 건물이니 소리를 지르면 듣고 나오지 않을까. 의준이 아니면, 여기에 사는 그 누구라도.

그때, 계단에서 의준이 내려왔다.

"뭐야. 왜 벌써 와? 편의점에서 기다리는 거 아니었어?"

"자기야……"

서윤이 흑기사처럼 등장한 남편을 향해 달려가자 그가 서윤의 뒤에 따라오는 남자를 발견했다.

"안녕하세요."

의준이 그에게 인사했다. 서윤은 그 자리에서 멈춰 두 사람을 쳐다봤다.

"인사해. 302호에 사셔."

"어?"

무어라 말도 못 하고 있자 302호 남자가 받지도 않은 인사를 받은 것처럼 고개를 까딱했다.

"아, 네에……"

말끝을 늘이며 그는 부부를 지나쳐 계단을 올라갔다. 지나치는 그에게서 지독한 술 냄새가 풍겼다. 의준은 서윤의 양손에 있는 짐을 보고 놀랐다.

"뭘 이렇게 많이 샀어? 힘들게. 덥지도 않아? 얼굴 빨개진 거봐. 뭐가 급하다고 기다리지도 않고 오고."

그는 얼른 그녀의 손에서 짐을 받아 들었다. 서윤은 눈만 끔벅이며 뒤늦게 밀려드는 부끄러움에 쥐구멍에라도 숨고 싶어졌다.

"하하하하하."

부엌에서 짐을 정리하던 의준이 배를 잡고 주저앉았다. 소파에 쓰러져 누워있던 서윤이 인상을 쓰며 그를 노려봤다.

"그만 웃어! 남은 창피해 죽겠는데 비웃어?"

"아니, 우리 마누라가 그런 도끼병이 있는 줄은 몰랐네."

"처음 보는 사람이었잖아. 오전부터 편의점 앞에서 병나발을 불었고, 사방은 빈집들 천지고, 빌라까지 따라오는데 안 무섭겠어? 덩치도 크고, 인상도 별로고."

마지막 말에선 옆집 남자한테 들릴까 봐 그녀는 조그맣게 속

삭였다.

"부끄러운 것보다, 미안해야 하지 않을까? 오해했으니까."

"내가 얼마나 무서웠는데 그게 할 말이야? 그러게, 자기가 빨리 나왔으면 그런 오해가 생기기도 전이었을 거 아니야."

"메시지를 늦게 확인했다니까."

그럴 수도 있겠다고 머리로는 이해가 됐지만, 마음에 들지는 않았다. 그만 웃으라고 했는데도 저렇게 실실 웃는 거 보면 평생 놀림거리 하나를 스스로 만든 것이 분했다. 말하는 게 아니었는데. 뒤늦은 후회가 밀려왔다. 너무 놀라서 제대로 생각해보지도 못하고 얘기한 게 실수였다.

맥이 풀리자 머리가 지끈거렸다. 카페인의 힘은 이미 사라지고 없었다. 무더위에 지칠 대로 지친 상태에서 잔뜩 긴장까지 했더니 모든 게 해소된 지금 손가락 하나 까딱할 힘도 없었다. 서윤은 눈을 감았다.

"거기서 누워있지 말고, 씻고 침대에서 한숨 자. 저녁 뭐 하려고 했어? 재료 다듬어 둘까?"

의준의 말소리가 아득히 멀어졌다.

쾅!

서윤은 깜짝 놀라 눈을 떴다. 사위는 어두웠고 자신은 어느새 침대에 누워있었다. 옆에서 의준의 코 고는 소리가 균일하게 들려왔다. 얼마나 잠들었던 걸까. 왜 의준은 자신을 깨우지 않고 자게 내버려 뒀지? 곧 잠을 깨운 소리를 기억했다.

현관문이 세차게 닫히는 소리. 또?

의준은 그 소리를 듣지 못했는지 아주 푹 자고 있었다. 서윤은 자리에서 일어났다. 자고 일어나 개운할 줄 알았으나 몸은 여전히 나른했다. 게다가 지끈거리는 두통. 스탠드 불을 켜자 협탁에 의준이 챙겨뒀을 물잔이 보였다. 미적지근한 물을 마시자 다소 잠이 깼다.

안방에서 나와 거실 불을 켰다. 의준이 안방에 있어서 어제처럼 그렇게 무섭지 않았다. 그나저나 대체 어느 집이 무식하게 큰 소리를 내며 현관문을 닫는 것일까. 그녀는 현관문 앞으로 갔다. 의준은 문단속도 하지 않았다. 자동으로 잠기는 도어록만이 굳게 잠겼다. 이걸로 충분하다고 생각하는 걸까. 못마땅함의 한숨을 쉬며 서윤은 도어 스코프에 눈을 갖다 댔다. 당연히 그 너머는 어두웠다.

도어록의 버튼을 누르고 문을 열었다. 머리만 내밀자 주황빛 센서등이 켜졌다. 미적지근한 공기가 3층과 계단에 감돌았다. 빌라는 고요했다. 계단에 난 창문 너머에서 풀벌레 울음이 들렸고 아득히 저 멀리서 파도 소리가 들려왔다.

다른 소리는 들리지 않았다. 가령 거실을 쿵쾅거리는 발소리라던가, 기침 소리, 구시렁대는 말소리 따위도 하나 없었다. 옆집 남자였다면, 그녀가 잠들었을 때 다시 외출했다가 돌아왔다면, 그 소리가 선명하게 들렸을 것이었다. 서윤은 당장에 새벽마다 문을 쾅쾅 닫아대는 범인을 찾아 한마디 하고 싶었으나 누군지 몰라서 속이 터졌다. 언제까지고 이러고 있을 수 없어서 포기하고 현관문을 닫았다. 디지털 음과 함께 도어록의 잠금이 돌아갔다. 동시에 그녀는 손잡이 잠금과 체인을 걸었다.

어떻게 해야 할지 몰라 입술만 짓씹었다. 당장 의준을 깨울까 생각했지만 피곤한 그를 깨우고 싶지 않았다. 일단 내일 아침에 이야기하기로 하고 서윤은 안방으로 돌아갔다.

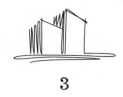

3

딸랑. 서윤은 편의점 문을 열고 들어갔다. 그 앞에서 그녀는 잠시 멈칫거렸다. 계산대에 여자 사장님 대신 옆집 남자가 서 있었기 때문이었다. 된장찌개를 끓이던 중 두부가 없어서 급하게 이곳으로 온 그녀는 그 남자를 보자 어제 일이 떠올라 불편한 마음이 들었다. 부끄러움과 미안함. 정작 그는 어제 서윤이 어떤 마음이었는지 몰랐을 터였다. 그렇기에 의준의 말처럼 사과하기도 애매했다.

당황한 마음을 숨기고 서윤은 두부를 찾아 계산대 앞에 섰다. 남자 또한 별다른 인사도 없이 바코드를 찍고 얼마라고 중얼거렸다. 계산하고 돌아서는데 서윤은 문득 간밤에 들렸던 소리를 떠올렸다.

"저기요."

남자가 고개를 들었다. 선글라스는 끼고 있지 않아 작은 두 눈이 서윤을 봤다.

"새벽에, 그러니까 두 시경에 현관문이 쾅 닫히는 소리가 들렸는데요."

"저희 집이요?"

"그쪽 집이었어요?"

"아니, 질문한 건데요?"

남자는 서윤의 눈길을 피하며 대꾸했다. 서윤은 한숨을 쉬며 다시 말했다.

"그쪽이 아니라면 다른 집일 텐데 혹시 들으셨어요?"

"……아니요."

남자의 목소리가 점점 작아졌다. 누가 보면 추궁하는 것 같아서 서윤은 황급히 말을 덧붙였다.

"아니, 요즘에 제가 그 소리에 자꾸 깨서 잠을 못 자서요. 양해 좀 구하고 싶거든요."

"아, 네……"

그는 더는 말하지 않았다.

"그럼."

남자가 대답하기를 잠시 기다렸던 서윤은 이어지는 침묵에 어색해져서 인사를 하고 돌아섰다.

"저기요."

문 앞에 이르자 남자가 불렀다. 서윤이 돌아서자 남자는 쭈뼛거리다가 입을 열었다.

"동네에 이상한 사람이 다니니까…… 조심하세요."

서윤은 편의점을 나와 오르막길을 오르며 옆집 남자가 한 말을 곱씹었다. 이상한 사람? 그 말을 끝으로 남자는 입을 딱 다물었다. 그는 괜한 이야기를 했다는 듯 후회하는 눈빛으로 황급히 바삐 일하는 척했다. 말을 꺼냈으면 그 이상한 사람이 어디 사는 누구인지, 어떤 특징이 있는지, 남잔지 여잔지, 자세히 알려주던가. 동네가 재개발 구역이 되면서 주민 수는 감소했다지만, 철거작업으로 낯선 이들이 종종 오갔다. 그중에 이상한 사람을 어떻게 특정 짓는단 말인가?

"어머 아가씨! 아침부터 웬일이야?"

편의점 건너편에서 사장님이 나와 아는 척을 했다. 편의점에 오가면서 봤을 뿐 반갑게 인사할 정도는 아니었지만, 원래 성격이 그런가보다 싶어 그냥 인사했다. 사장님은 서윤이 들고 있는 두부를 보며 알만하다는 듯 웃었다.

"아침 식사 준비하는구나. 일요일인데도 부지런하네. 요즘 젊은 사람들은 늦잠 자서 아점으로 빵이나 먹지 밥해 먹지는 않잖아? 우리 딸네가 그래서 걱정이야. 김 서방한테 내가 면목이 없다니까."

"아, 네……"

서윤은 말이 길어질까 봐 다시 인사하며 자리를 벗어나려고 했다. 그러다 옆집 남자가 했던 말이 떠올랐다.

"사장님. 혹시 요즘에 이상한 사람이 동네에 있어요?"

"응? 무슨 말이야? 이상한 사람?"

"계산하고 나오는데 조심하라고 말씀하셔서요."

서윤은 편의점을 봤다. 그 시선을 따라간 사장님이 그 뜻을 알아챈 듯 고개를 끄덕였다.

"영식 씨? 아가씨네 빌라에 살지?"

"네, 옆집이에요."

"으응. 생긴 건 저렇게 우락부락하게 보여도 좀 내성적이고 말주변도 없어서 다른 사람이랑 오 분도 넘게 말하지도 않아. 겁도 얼마나 많은지 덩치가 아까울 지경이라니까. 요 밑 공장에서 일하면서 상사 집이랑 위아래에 살았는데, 뭔 일이 있었는지 상사는 이사 가고 영식 씨는 일을 관뒀더라고. 성격이 저래놔서 친한 친구도 없는지 따로 찾아오는 사람도 없고. 맨날 오전마다 술 사러 오다가 내가 며칠 아픈 적이 있었거든. 나도 문은 닫아야지 생각은 하지만, 나 시집왔을 때부터 산 곳이라 눈에 밟혀서 쉽게 그만둘 수가 없더라고. 마냥 버틸 수는 없고 자식들도 성화라 공사가 진행될 때까지 가게 문을 열려고 합의 봤지. 아가씨도 알다시피 이 동네에 사람이 별로 없잖아. 혼자선 벅차니까 나 급할 때 몇 시간만 봐달라고 했어. 술값이라도 벌라고. 그래도 착실하게 일하려는 나와. 나하고 교대하면 바로 술 마시지만, 그게 어디야? 아 참 내 정신 좀 봐. 이상한 사람 봤냐고 물었지? 나는 못 봤는데 영식 씨는 허투루 그런 거 말 할 사람이 아니니까 조심하는 게 낫겠어. 근데, 그 빌라는 별다른 일 없지?"

예상대로 하나를 물어봤을 뿐인데 사장님의 말은 길고도 길었다. 서윤은 진이 빠진 채 빌라로 돌아왔다. 힐끗 보니 꽃밭은 엉망진창이었다. 사장님이 물은 안부는 이것이었을까.

1층 할아버지의 노고는 산산이 짓밟힌 채 미적지근한 바람에 이파리만 흔들리고 있었다. 편의점에 가려고 나와 이 모습을 봤을 때 서윤은 제 밭도 아닌데 누구보다 마음이 아팠다. 어떻게든 살려보겠다고 매일 지지대를 세우던 할아버지의 모습이 떠올랐다. 몇 번 보기만 한 자신도 이런데 정작 주인인 당사자의 마음은 어떨지 가늠조차 되지 않았다.

일일이 빌라를 찾아다니며 범인을 찾겠다고 해도 충분히 이해가 갈 일이었지만, 할아버지는 침묵을 택했다. 아무리 오래된 빌라라고 해도 이 앞에 CCTV는 있었으면 얼마나 좋을까. 그럼 이 꽃밭을 망친 이도, 문을 쾅쾅 닫아대는 이도 손쉽게 잡을 수 있을 텐데.

계단을 올라가던 서윤은 202호의 현관문이 열린 걸 봤다. 나올 땐 닫혀 있었던 문이었다. 주인이 깨어 환기를 위해 일부러

방충 문만 닫고, 열어둔 듯했다. 식사 준비를 하는지 향신료 냄새가 강하게 났다. 이 집 사람들 국적이 파키스탄이라고 했던가? 그때 방 안에서 나오던 여자와 눈이 마주쳤다. 몰래 엿보다가 걸린 것 같아 서윤은 급히 고개를 돌렸다.

"이봐요!"

어눌한 한국말이 서윤의 걸음을 멈추게 했다.

"네."

처음 보는 202호의 여자가 진한 눈썹을 찌푸렸다. 말투와 표정으로 보아 서윤에게 좋은 감정이 있어 부른 것 같지는 않았다. 그녀는 방충 문도 열지 않은 채 그 앞까지 와 허리에 두 손을 올렸다.

"위층에 살죠?"

"네, 301호요."

"아줌마 남편이 어떻게 하는지는 알 바 아니고, 그렇다고 그렇게 밤마다 내내 큰 소리로 울면 어떻게 해요? 우리 늦게 끝나서 들어와 푹 자고 아침 일찍 나가야 하는데 아줌마 울음소리 때문에 시끄러워서 잠을 못 자겠어요. 며칠 동안 내내!"

"네?"

"끊임없이, 계속. 기분 나쁘고 무서워요."

"무슨 오해가 있으신데, 말씀하시는 우는 사람은 제가 아니에요."

손까지 내저으며 부인하자 여자가 팔짱을 꼈다. 거짓말을 한다고 생각하는지 여자의 인상이 더욱 험악해졌다.

"아가씨가 와서부터 시작했어요. 그 소리가. 바로 위층 아저씨는 혼자 살고. 그럼 누구겠어요? 1층 할머니도 아니라는데!"

"저 아니라고요. 3층에 그 아저씨한테는 물어봤어요? 들린다면 그쪽이 더 잘 들리겠죠. 지금 편의점에서 만났는데 아무 말도 없던데요. 그 사람한테 물어봐요. 정말 우리 집이었는지."

갑작스러운 시비에 서윤 또한 말투가 좋게 나가지 않았다. 억울하고 화가 났다. 저 여자는 초면에 왜 그런 오해를 해서 자기한테 짜증과 화를 퍼붓는 거지? 돌아서려던 그녀가 여자를 노려봤다.

"근데, 저도 뭐 하나 물어볼게요. 두 분이 사시는 거 맞죠? 늦게 들어오신다고 했는데 정확히 몇 시에 들어오세요? 며칠 문을 너무 세게 닫는 소리에 저 또한 잠을 못 잤는데 혹시 이 집이 그래요?"

"뭐라는 거야? 증거 있어? 그 집이 우리 집이라는 증거 있냐고?"

여자가 목소리를 높이며 삿대질했다. 방에서 여자의 남편이 나왔다.

"왜 그래? 그러지 마."

"여보도 들었잖아. 며칠이나 저 여자가 우는 거. 거짓말을 하면서 오히려 우리한테 늦게 들어와서 문 쾅쾅 닫냐고 하잖아."

"그러니까, 저 안 울었다고요! 그리고 그쪽이 물어봤으니까 저도 물어본 거고요! 저야말로 증거가 있냐고 묻고 싶네요."

소란을 듣고 의준도 계단을 내려왔다. 무슨 일이기에 이렇게 싸움으로 변했는지 알 수 없어 일단 의준은 서윤을 만류했다. 그리고 집에 가자며 그녀를 계단으로 밀었다.

"저 사람이 나보고 왜 자꾸 울어서 시끄럽게 하냐고 그러잖아. 자기가 말해봐. 내가 그랬는지."

"미안해요. 우리가 며칠 잠을 제대로 못 자서, 아내가 예민해졌어요."

202호 남자가 대신 사과했다. 의준이 황당한 표정을 지었다.

"부인께서 무슨 오해를 하셨나 보네요. 저희 와이프는 울었던 적이 없는데요."

"자기가 나한테 나쁘게 해서 그런 줄 알아."

서윤이 한마디 내뱉자 의준이 어이가 없어 헛웃음을 내뱉었다. 그 표정에 202호 여자의 표독스러웠던 표정이 변했다. 그녀 또한 자신이 오해했음을 인지한 듯했다.

"아니, 난 정말로……"

여자가 한마디 하려고 하자 그녀의 남편이 그만하라고 했다. 의준도 더는 말하지 않고 서윤을 데리고 계단을 올라갔다.

"그런데요. 저희도 아니에요."

202호 남자가 말했다. 서윤은 계단 밑에서 자신을 올려다보는 남자를 봤다. 남자가 이어 말했다.

"그 새벽에 문을 쾅 닫았냐고 물어봤잖아요. 그거 우리 아니라고요."

4

며칠 뒤, 의준은 또다시 출장을 갔다.

202호와 그런 일이 있은 후 의준은 이웃의 괜한 시비에 싸우지 말라고 했다. 누가 문을 어떻게 닫던지 신경 쓰지 말라고 했다. 다음 날 숙면에 도움이 될 거라며 귀마개를 사 왔다. 덕분에 밤에 조용히 잘 잤다. 하지만 습관이 된 건지 새벽 두 시가 되면 잠에서 깼다. 다시 금방 잠들었지만.

그날 이후 2층 외국인 부부랑은 지나가다 만나도 인사를 하지 않게 되었다. 그때 사과는 받아냈으나 여전히 누구의 울음소리를 듣는지 여자의 얼굴은 서윤을 타박하고 있었다. 아니라고 분명히 말했음에도 확신에 차 있었다. 정말로 억울하면 그 소리를 듣자마자 301호로 달려와서 확인하면 될 일이었다. 그런 것도 하지 않고 지레짐작만으로 남을 의심하다니. 서윤은 의준의 말대로 무시하기로 했다.

1층 할아버지는 꽃밭에 지지대를 세우는 걸 포기했다. 쓰러진 꽃들은 시들어갔고 그곳은 좁은 길이 되었다. 노인은 대신 발길이 닿지 않는 꽃에 더 신경을 썼다. 할머니가 소리를 질렀다.

"그 길에 쥐덫을 놓으라 했어, 안 했어. 어떤 놈이든, 쥐새끼든, 귀신 새끼든 혼쭐이 나게."

그 소리가 3층 집까지 들릴 정도니, 서윤은 노인이 아주 정정하시다고 생각했다. 청소하며 잠깐 환기를 위해 창문을 열었던 그녀는 문들을 일제히 닫았다. 거실 내부에 눅진한 바다 냄새가 감돌았다. 이 냄새는 영원히 익숙해지지 않을 것 같았다. 서윤은 언제나처럼 공기청정기를 틀었다.

핸드폰을 들고 소파에 앉았다. 부재중 전화가 와 있었다. 청소하는 사이 엄마가 전화했었나 보다. 그대로 발신을 누르려고 했는데 광고 문자가 화면에 떴다. 취소하고 최근 기록에서 엄마 번호를 찾던 중 손이 멈췄다.

목록이 좀 이상했다.

수신 차단을 한 전화번호가 기록에 남았는데 몇 줄에 걸쳐 계속 그 번호였다. 하루에도 몇십 번씩 계속 전화했다. 대체 누구지? 몇 번씩 음성 메시지를 남긴 걸 보고서 곧 기억났다.

며칠 전 집 나간 아내를 찾아 음성 메시지를 남긴 남자였다. 그땐 이러다 말겠지, 라고 생각했는데 오산이었다. 목록을 보니 남자는 꽤 집요했다. 기분이 나빠져, 전화나 메시지로 자신은 당신이 찾는 아내와 전혀 상관없고 단지 전화번호만 새로 받은 게 이 모양이라고 설명해야 하나 잠시 고민했다. 그러다가 괜히 내가 여자라고 생각되면 포기 대신 더 만만히 볼지도 모른다는 생각이 들었다. 의준이 올 때까지 기다려야 하나?

'남자 목소리라면 금방 떨어져 나갈지도 모르지.'

긴 목록 중 하나를 선택해 음성 메시지를 들었다. 전화를 받지도 않는 아내한테 뭐라고 하는지 궁금했다.

-대체 왜 전화를 안 받는 거야? 사람 미치는 꼴 보고 싶어? 언제까지고 나한테서 도망칠 수 있다고 생각하냐고!

이제야 본색이 드러났다. 이러니까 아내가 도망갔지. 남자는 계속 말했다.

-네가 어디 있는지 다 알아. 그 여자가 네 전화를 받는 걸 봤어. 가서 죽여버리기 전에 알아서 전화하는 게 좋을 거야.

메시지는 끝났다. 협박의 질이 수준 낮아 상대할 가치도 없어 보였다. 그의 아내가 그 어떤 협박에도 저 남자에게 돌아가지 않고 자유로워졌으면 싶었다. 도망치기까지 얼마나 많이 주저했으며 무서웠을까. 그럴 리는 없겠지만, 만약 의준이 자신한테 저런다면 가만히 두지 않겠다고 다짐했다.

'잠깐……'

갑자기 소름이 돋았다. 남자의 말에서 이상한 부분이 있었다.

그 여자가 네 전화를 받는 걸 봤어. 남자는 지금까지 서윤이 가지고 있는 핸드폰을 아내의 전화로 알고 있었다. 그가 말했던 그 여자가 자신일지도 모른다는 생각이 들었다. 겁에 질려 들고 있던 핸드폰을 소파로 던져버렸다. 그러다 고개를 흔들었다. 그녀는 한 번도 남자의 전화를 받지 않았기 때문이었다.

'그럼 그렇지. 괜한 생각이야.'

자신을 다독일 때 옆집 남자가 떠올랐다. 이상한 남자를 조심하라던 그 말. 그는 무엇 때문에 그 말을 했을까. 서윤은 핸드폰을 집어 들고 옆집으로 갔다. 초인종을 눌렀으나 대답은 없었다. 아르바이트는 이미 끝났을 시간이었다. 며칠 전, 마트에 가다가 파라솔 밑에서 술잔을 기울이던 그의 모습이 생각이 나서 서윤은 계단을 내려갔다.

매미가 울어대는 길을 따라 편의점으로 갔다. 앞에 있어야 할 남자는 보이지 않았다. 혹시나 해서 편의점 문을 열자 옆집 남자 영식은 그곳에 있었다.

서윤의 등장에 영식은 조금 당황하는 모습이었다. 그의 시선이 서윤의 뒤로 향했다. 투명한 유리문 너머 무언가를 찾았다. 서윤도 뒤를 돌아 주위를 둘러봤다. 영식이 뭘 찾는지는 몰랐으나 그걸 본다면 알아챌 것 같았다. 아무도 없음을 확인한 서윤은 계산대 앞에 섰다.

"그 이상한 사람이 누구예요?"

다짜고짜 묻자 그의 작은 눈이 휘둥그레졌다.

"네?"

"나보고 조심하라면서요. 뭘 본 거죠? 그렇죠? 언제부터 봤어요? 뭘 봤어요?"

"갑자기 뭘……"

영식은 숨도 쉬지 않고 연이어 퍼부어대는 서윤의 질문에 말도 제대로 하지 못했다.

"그 이상한 사람이요!"

두렵고 화도 난 서윤이 소리를 질렀다. 둘은 아무 말도 하지 않았다. 침묵 사이로 냉장고가 돌아가는 기계음만이 들렸다. 영식이 입을 열었다.

"며칠 전에 한 남자가 말을 걸었어요. 밖에서 술을 마시고 있었는데, 날은 무척 덥고 술을 얼마 마시지도 않았는데 열기가 머리끝까지 올라서 금방이라도 미칠 것 같았어요. 그때 그 남자가 핸드폰을 빌려달라고 하더라고요. 아침에 물건이 들어올 때부터 왔던 손님인데 뭘 찾는지, 아니면 기다리는지, 한참을 편의점 밖을 보더라고요. 핸드폰을 가져가는 그 손이 크고 뜨거웠던 게 기억나요. 어딘가로 전화를 걸더군요. 근데 그쪽이 전화를 받았어요. 그땐 그냥 우연의 일치라고 생각했어요."

영식은 혀로 마른 입술을 핥았다. 이어 말했다.

"시간이 얼마나 흘렀는지 몰랐어요. 그냥 집에 가야겠다고 생각은 했는데 몸을 일으키기가 힘들더라고요. 사장님이 날이 더운데 밖에서 청승 그만 떨고, 들어와서 시원한 물 한잔하라고 했어요. 남자는 여전히 편의점 안에서 밖을 보고 있었어요. 기다리는 사람이 무척이나 오지 않는구나. 그렇게 생각했어요. 그런데 갑자기 막 뛰어서 나가더라고요. 드디어 왔나 했죠. 저는 물 대신 술을 사 들고 집으로 갔죠. 가다가, 가다가. 요 옆 빈집 대문 틈에서 눈만 내밀고 있던 그 남자와 시선이 마주쳤어요. 거기서 뭐 하냐고 묻고 싶었는데, 딸랑, 편의점 문소리가 들리고 그 안으로 그쪽이 들어갔어요. 이상했어요. 너무도 이상했죠. 술 때문에 머리가 제대로 굴러가지 않았어요. 그냥 지나가는 척하고 남자가 안 보이는 데서 저도 빈집에 들어가 남자가 한 것처럼 대문 사이로 밖을 봤어요. 얼마나 있었는지 기억이 나지 않아요. 그쪽이 지나갔어요. 잠시 뒤에 그 남자가 그 뒤를 따라가는 거예요. 그래서 쫓아갔어요. 제가 나타나니까 그 사람이 당황했어요. 그런 그 사람을 지나서 아무렇지 않게 걸었어요. 더는 쫓아오는 기척은 없어서 뒤를 돌아봤더니 저를 계속 쳐다보고 있더라고요. 그 이후로 보지 못했어요. 그래서 말을 할까 말까 많이 망설였어요."

그 말을 끝으로 남자는 입을 다물었다. 머리를 긁적이던 그가 서윤의 눈치를 살폈다. 그때까지 아무 말도 하지 않고 있던 서윤이 핸드폰을 꺼냈다.

"뭐 하시려고요?"

"경찰에 신고해야죠. 그 사람 가정 폭력범이에요. 물론 저도 모르는 사람인데. 핸드폰 번호를 새 걸로 바꿨더니. 어떻게 알고 여기까지 온 거지?"

"불법으로 위치 추적을 하면 그럴 수는 있을 텐데요. 그런데 경찰이 믿어 줄까요? 아니, 그러니까. 경찰은 제 말을 믿어 주지 않을 거예요. 언제나 그랬거든요. 그리고 지금 전 알콜 중독자고."

112 버튼을 누르던 서윤은 영식의 말에 잠시 그를 쳐다봤다.

"알콜 중독자는 뭐 시민 아니에요? 여기 CCTV도 있겠다, 제 핸드폰에 그 인간이 음성 메시지도 남겼겠다, 지금은 안 보인다고 안심할 게 아니에요. 경찰이 믿지 않아도 신고가 들어간 이상 손 놓고 있지는 않을 거예요. 순찰이라도 한 번 더 돌겠죠."

생각보다 경찰의 반응은 회의적이었다. 딱히 위협적이지 않다는 이유였다. 그 남자가 협박했으나 그건 서윤이 아닌 그의 아내를 향한 거였고, 이곳까지 왔으나 멀리서 봤을 뿐이었다. 불법 위치 추적은 그냥 생각일 뿐이었고. 그나마 순찰에 신경 쓰겠다는 답만 얻었다.

"일이 벌어지고 나서야 조치한다는 말 아니겠어? 나는 지금 당장 무서워 죽겠는데!"

"그들의 말도 일리가 있어. 내가 보기엔 별거 아닌 것 같은데."

서윤은 의준과 전화 통화를 하며 집으로 향했다. 잔뜩 긴장한 상태에서 경찰과 실랑이를 벌였더니 진이 빠져 오르막길이 끝도 없어 보였다. 양쪽에 빈집들을 볼 때마다 녹슨 철문 뒤에서 그 남자가 눈만 내민 채 자신을 쳐다보고 있지 않을까 두려웠다. 이런 상태에서 혼자 있기가 싫었다. 의준에게 전화 걸어 오늘 무슨 일이 있었는지를 하나도 빠짐없이 말했다. 아내가 위험에 처했으니 어서 집에 오길 바랐으나 그의 반응은 경찰과 같았다.

"별 게 아니라니? 그걸 지금 말이라고 해? 지금 죽이겠다고 쫓아왔잖아!"

지금 상황에 남편이 아내에게 할 법한 말은 아니었기에 화가 나 목소리를 높였다. 그가 타이르듯이 말했다.

"그냥 하는 말이지. 자기 처 찾겠다고 왔는데 막상 코빼기도 보이지 않으니 답답해서 그렇게 말했던 걸 거야. 지금 자기가 얼마나 무서울지는 알아. 나도 달려가고 싶지만, 다음 화물을 기다리고 있어. 조금만 참아."

서윤은 더는 듣기 싫어 전화를 끊어버렸다. 일이 중요한 건 잘 알고 있고 당장 빠져나오기가 힘든 것도 알았다. 하는 말이 문제였다. 의준은 언제나 그런 식이었다. 남편이란 게 이런 반응이라니. 서윤은 오히려 남인 영식이 더 자신의 두려움을 이해하고 걱정한다고 생각했다.

신경질적으로 핸드폰을 뒷주머니에 넣으며 빌라의 공동 현관으로 들어섰다. 한 여자가 우편함에서 우편물들을 꺼내고 있었다. 인기척에 그녀가 서윤을 돌아봤다. 이사 갔던 201호 여자였다.

"안녕하세요."

그녀가 먼저 아는 체를 했다. 서윤도 어색하게 인사했다.

"주소 이전을 늦게 했더니 올 게 안 오더라고요. 혹시나 해서 한번 와봤어요. 다행히 있네요."

여자가 손에 있는 우편물을 들어 보이더니 곧 어깨에 멘 에코백에 집어넣었다.

"그럼, 만나서 반가웠어요."

그녀가 희미하게 웃으며 밖으로 향했다.

"저기 괜찮으세요?"

서윤은 떠나가는 여자의 등 뒤로 다급하게 물었다.

처음 만났을 때부터 묻고 싶었던 말이었다. 괜한 관심이라고 의준이 말했었다. 가정폭력은 타인이 관여할 일이 아니고, 상대방도 그걸 바랄 거라며 무례를 범하지 말라 했다. 그러나 오늘 가정 폭력범한테 스토킹을 당했단 걸 알게 되자 의준의 말은 모조리 헛소리란 걸 깨달았다. 그동안 여자가 당했던 폭력에 무심으로 일관했던 게 미안해졌다.

여자가 서윤을 쳐다봤다. 선뜻 이해가 가지 않은 표정이었다.

"여기 왔을 때 몇 번 들었어요. 두 분 싸우시는 거. 거의 남편

분이 혼자 내지르는 폭력이었지만요. 그때 뭐라고 위로라도 했었어야 했는데 그러질 못했어요."

"잠깐만요. 무슨 말을 하는지 이제야 알겠네요. 아니에요. 우리 싸운 거 아니라고요."

서윤은 손사래까지 치면서 부정하는 여자의 말을 어떻게 받아들여야 할지 몰랐다. 싸운 게 아니라니. 그동안 들었던 폭언과 집기가 부서지고 매 맞으며 비명을 내지르는 소리까지 선명하게 들었다. 빌라 사람들이 다 들었을 정도로 큰 소리였다. 1층 할머니도 말하지 않았던가.

"왜들 지나가면서 이상하게 보거나 우리 부부가 맨날 치고받고 싸운 것처럼 말하는지 이해가 가지 않더라고요. 어쩌다 말다툼은 했을지도 모르죠. 하지만 단 한 번도 남편은 저한테 손찌검한 적이 없어요."

한 자 한 자 힘주어 말하는 모습이 거짓말을 하는 것처럼 보이지 않았다. 그럼 대체 그 소리는 어느 집에서 난 걸까. 202호? 여자는 자신이 살던 집 쪽을 보더니, 입을 열었다.

"계속해서 사실 분한테 할 말은 아니지만, 저희가 급히 이사 간 이유가 있어요. 아시다시피 저희도 이사 온 지 얼마 되지 않았는데 오고 나서 며칠 뒤에 남편이 이상한 걸 봤다지 뭐예요."

"이상한 거요?"

서윤이 되묻자 입을 열던 여자가 주위를 보다가 한 발짝 다가

왔다.

"그게…… 귀신이요."

201호

새벽. 석균은 컴컴한 거실 소파에 앉아 TV를 봤다. 다음 날이 휴일이라 맥주까지 마시며 그동안 미뤄둔 드라마를 몰아보고 있었다. 마트에서 캐셔로 일하는 아내는 출근이라 이른 시간부터 잠을 잤다.

눈만 끔벅이며 별생각 없이 화면에 시선을 두었다. 등장인물들이 서로 대화하고 움직였다. 다채로운 색들이 어두운 거실을 비췄다. 그는 캔맥주를 마셨다. 시선이 벽을 따라 올라갔다가 TV로 내려왔다. 눈을 다시 끔벅였다. 뭔가가 낯설고 이상한 느낌이 들었다. 석균은 고개를 돌려 현관문 쪽을 바라봤다.

한 여자가 서 있었다. 언제, 어떻게 들어왔는지는 모르겠지만, 처음 보는 여자였다. 젖은 머리카락이 얼굴을 가렸으며 옷자락에서 뚝뚝 물이 떨어졌다. 물방울이 바닥에 떨어지는 소리가 또렷하게 들렸고 석균은 그녀가 귀신임을 알아챘다.

여자가 안으로 들어왔다. 쫓아내고 싶었으나 몸이 움직이지 않았다. 움직였더라도 귀신을 어떻게 쫓아낼까 싶었다. 걸을 때마다 젖은 맨발이 거실 장판에 들러붙었다가 떨어지는 소리가 크게 들렸다. 여자는 부엌으로 갔다. 그곳에서 한참을 아무것도 하지 않고 서 있다가 안방으로 향했다. 아내가 걱정되었다. 몸에 힘을 줬지만, 손가락도 움직이기 힘들었다. 그렇게 끙끙거리고 있을 때 누군가 그의 어깨를 붙들었다. 석균은 화들짝 놀라 고개를 돌렸다.

"여보, 왜 여기서 자고 있어?"

아내의 말에 그는 자리에서 일어나 안방으로 갔다. 방 안에 여자는 없었다. 꿈이라기엔 너무도 그녀의 존재가 생생했다.

며칠 뒤 아내가 회식 때문에 늦는 날이었다. 석균은 잠을 자다가 요의를 느끼고 일어나 화장실에 갔다. 쾅! 문이 여닫히는 소리에 그는 코웃음을 쳤다.

"아줌마 지금 시간이 몇 시야? 회식을 몇 차까지 달렸길래 밤길 무서운 줄도 모르고 이렇게 늦게 와?"

변기 물을 내리고 화장실 밖으로 나왔는데 아내가 없었다. 불이 켜진 안방의 형광등 불빛이 어두운 거실을 비췄다. 익숙한 집안인데 지나치게 황량했다.

"이 여자가 술 취해서 장난치나? 하나도 재미없으니까 나오시지."

거실 스위치를 찾아 벽에 손을 갖다 댔다. 뚝, 뚝. 물이 바닥에 떨어지는 소리가 들렸다. 처음엔 화장실 변기에 물이 채워지는 소린 줄 알았다. 그러나 그 소리는 부엌에서 들렸고, 그는 그곳을 봤다. 싱크대 앞에 여자가 있었다. 일전에 꿈에 나왔던 귀신이었다. 등 뒤로 식은땀이 났다. 어디로든 이 자리를 벗어나야겠다고 생각을 할 때 그녀가 돌아섰다. 피할 사이도 없이 여자가 석균 앞으로 미끄러지듯 다가왔다. 저도 모르게 뒷걸음질 치다가 몸이 벽에 부딪혔다. 그의 무게에 스위치가 눌렸는지 불이 켜졌다. 여자가 사라졌다.

도어록의 디지털 음이 들리고 문이 열렸다. 아내가 뭐라고 했으나 그는 그 말을 듣지도 않고 그 자리에 주저앉았다.

그 뒤로 여자는 계속 나타났다. 꿈이라고 생각했으나 꿈이 아닐 때도 나타났다. 석균은 귀신과 마주치지 않으려고 아내 옆에 꼭 붙어서 잠을 잤다. 언젠가부터는 술을 진탕 마셨다. 술에 취해 기절해서 다음 날에야 눈을 뜰지도 모른다는 희망 때문이었다. 그러나 매일 같은 시간에 눈이 떠졌다.

쾅! 현관문이 여닫히는 소리가 들렸다. 젖은 맨발이 거실을 가로질렀다. 여자는 부엌으로 갔을 것이다. 그 앞에서 가만히 서 있다가 다시 발소리가 들렸다. 뚝, 뚝, 뚝. 바로 옆에서 물방울이 떨어지는 소리가 들렸다. 그녀가 안방으로 들어왔다.

"……보, ……여보."

하마터면 석균은 대답을 할 뻔했다. 아내가 악몽에 시달리는 자신을 깨운다고 생각했다. 그러면 모든 게 상황종료였으니 그 부름이 기꺼웠다. 그러나 이상했다. 귓가에 들리는 물소리가 여전했다. 귀신은 사라지지 않았다. 그의 몸이 오들오들 떨렸다.

그날 처음 귀신이 석균을 불렀다.

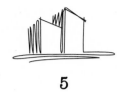

5

그날 밤, 서윤은 침대 위에서 손톱을 물어뜯었다. 스토커와 201호 여자의 말에 미치기 일보 직전이었다. 귀신이라니. 그 여자가 자신을 엿 먹이려고 일부러 얘기한 건지도 몰랐다. 그 부부를 가정폭력이 있는 집이라고 오해했다고 기분 나빠서 그랬는지도. 귀신은 믿지는 않았지만 무시할 수도 없는 존재였다. 의준에게 귀신도 무섭다고 말했다간 분명 비웃을 게 뻔했다.

서윤은 핸드폰을 들여다봤다. 시간은 새벽 두 시를 향해 갔다.

그 여자를 믿을 수 없다고 스스로 타일렀다. 그러나 의지와는 상관없이 그동안 주위에 일어났던 이상한 일들이 머릿속에서 꿰맞춰지고 있었다. 서윤은 새벽마다 현관문을 거칠게 닫는 소리를 들었다. 202호 부부는 여자 울음소리를 들었다 하고. 서윤은 이불에 얼굴을 묻었다. 잘못했다. 이렇게 무서울 줄 알았으면 그 얘기를 듣고 바로 부모님이 있는 S시로 달려갔어야 했다. 의준이 뭐라고 해도.

더는 혼자 이곳에 남아있을 자신이 없었다. 서윤은 자리에서 일어나 장롱 위에 있는 슈트케이스를 꺼냈다. 올 때도 하나만으로 충분했으니 갈 때도 충분했다. 아침이 되면 바로 이곳을 떠날 생각이었다. 혼자는 무서우니 옆집 남자가 편의점에 일하러 갈 때 같이 가기로 다짐했다. 한참 옷가지를 챙기다가 문득 문단속을 철저하게 했는지 잘 기억이 나지 않았다. 분명 안방에 들어오기 전, 현관문 잠금장치 세 개가 확실히 잠긴 걸 확인했다. 창문은?

아침에 청소하면서 잠깐 열었던 게 기억났다. 잠갔던가? 창문과 베란다 문을 열었었는데 그걸 모조리 다, 착실히 잠갔는지 확실치 않았다.

서윤은 집안의 불이란 불을 다 켜고 창문을 일일이 확인했다. 다행히도 문은 잘 잠겨있었다. 안도의 한숨을 쉬며 불을 하나씩 껐다. 작은방과 부엌, 마지막으로 거실 불을 껐다. 안방에서 새어 나오는 불빛에 현관문이 보였다. 도어록과 체인과 손잡이 잠금쇠를 봤다. 근데 뭔가 이상했다. 그녀는 거실 불 스위치에서 손을 떼고 몇 발자국 안방으로 이동해 안방 불을 껐다. 완연한 어둠이 내려앉았다. 서윤은 어둠 속에서 현관문을 봤다. 도어 스코프에서 희미한 빛이 새어 들어오고 있었다.

그녀는 그 자세 그대로 현관문만 노려봤다. 심장이 불규칙하게 뛰었다. 불빛이 사라졌다 다시 켜졌다. 두려움에 떨어지지 않는 발걸음을 억지로 옮겨 어둠 속 안방 협탁 위를 더듬었다. 핸드폰이 잡혔다. 서윤은 다시 발소리를 죽이고 거실로 나왔다. 불빛은 어느새 사라졌다. 숨을 들이켰다. 이대로 안방으로 들어가면 안 될 것 같았다. 그래서 현관 앞으로 갔다. 천천히 도어 스코프에 눈을 갖다 댔다. 밖은 어둠뿐이었다. 잘못 본 것이다. 참았던 숨을 내쉬었다. 어느새 손안에 땀이 차서 들고 있는 핸드폰이 끈적거렸다.

띠리릭. 갑자기 디지털 음과 함께 302호의 문이 열렸다. 서윤은 밖을 봤다. 인기척에 센서등이 켜지며 살짝 열린 문틈 사이로 영식이 고개를 내밀었다. 처음엔 이 시간에 편의점에 출근하나 싶었다. 그는 조심스러웠다. 현관문을 붙든 채로 서윤이 있는 쪽을 보더니 고개를 돌려 계단 밑을 바라봤다. 그러다가 고개를 더 빼 계단 위를 봤다.

'왜 저러지?'

서윤도 그의 시선을 따라 고개를 돌려 눈을 흘겼지만, 시선이 닿지 않았다. 다시 영식을 봤다. 그가 몸을 움찔거렸다. 갑자기 우당탕탕 소리가 들리더니 검은 그림자가 계단을 뛰어 내려왔다. 영식이 문을 닫으려고 했으나 늦었다. 문이 열렸고, 영식이 뒤로 넘어졌다. 한 남자가 그 안으로 들어갔다. 문이 쾅 닫혔다.

손에서 핸드폰이 떨어졌다. 집안이 어두워 핸드폰이 어디에 있는지 보이지 않았다. 바닥을 얼마간 더듬어서야 핸드폰을 찾았다. 경찰부터 생각났다. 낮에 근처 지구대에 전화를 건 기록이 있어 그곳으로 연락했다.

"사람이, 사람이 죽어요!!"

서윤은 잠금 장치들을 풀었다. 손이 떨려 제대로 열 수가 없었다. 몇 번의 헛손질 끝에 문을 열었다. 그녀는 밖에다 대고 소리를 질렀다.

"사람이 죽어요! 살려 주세요!"

302호 현관문에서 요란한 소리가 들렸다. 서윤이 더욱 큰 소리로 소리를 질렀다.

"살려 주세요!!"

띠리릭. 그 소리가 들리자 서윤은 다급하게 붙들고 있던 현관문을 닫았다. 옆집에서 영식이 아닌 남자가 튀어나왔다. 괴한은 서윤이 있는 현관문 손잡이를 붙들었다. 간발의 차이로 도어록 잠금이 잠기고 나자 손잡이가 좌우로 돌아갔다. 서윤은 떨리는 손으로 다시 체인을 걸어 잠갔다.

"경찰이 올 거예요! 살려 주세요!! 바로 앞이라고 했어요!"

쾅! 괴한이 욕설을 내뱉으며 발길질을 했다. 나머지 잠금장치까지 마저 잠그고 혹시라도 문이 열릴까 봐 서윤은 그 자리에 주저앉은 채 손잡이를 잡아당겼다. 멀리서 경찰차의 사이렌 소리가 들렸다. 문을 두들기던 괴한은 그 소리에 허둥지둥 계단을 내려갔다. 붉은 경광등이 어두운 허공을 비췄다.

잠들었던 빌라 사람들이 깨어났다. 여기저기서 인기척이 들려왔다.

이대로 잡힐 수 없다고 이를 악물던 괴한이 2층에 발을 디뎠다. 칙칙한 색의 센서등이 켜졌다. 몸을 돌려 다시 1층으로 내려가는 계단으로 발을 옮길 때, 딸깍이며 201호 현관문이 열렸다. 어두운 내부를 보자 더는 생각하지 않고 그곳으로 뛰어 들어갔다. 문을 잠그자마자 잠시 뒤, 계단을 다급히 올라가는 발소리들이 들렸다.

어둠 속에서 성광은 꼼짝도 하지 않았다. 조금이라도 움직였다간 밖에 깔린 경찰들이 낌새챌 것 같았다. 잠시 거친 숨을 고르며 주위를 봤다. 가전이 하나도 없는 빈집이었다. 편의점 여편네가 이 빌라에 대해 주절거릴 때 201호가 다른 데로 이사 간 지 얼마 되지 않는다고 했었다. 문도 제대로 잠그지 않고 갔나 싶었으나 무슨 상관이랴. 사방의 빈집들이 대개 문을 잠그지 않았다.

경광등 불빛이 휘돌 때마다 어둠과 붉은빛이 교차했다. 성광은 짧게 욕지거리를 내뱉으며 머리카락을 쥐어뜯었다. 이렇게까지 하려고 했던 건 아니었다.

처음엔 그냥 아내만 확인하려고 했다. 사과까지 했건만 아내는 전화를 계속 받지 않았다. 화가 날 수밖에. 자신을 얼마나 무시하는 처사인가. 핸드폰의 위치 추적을 했다. 그런 것쯤 돈이면 문제없었다. 단지 정확한 위치가 어딘지 몰라 이놈의 동네를 쏘다니거나 길목에서 종일 아내가 지나가기만을 기다렸다. 재개발 동네 곳곳에 빈집들이 많았다. 그렇다는 건 사람들도 적다는 말이니 금방 만날 수 있다고 여겨졌다. 웬 모르는 년이 전화만 받지 않았다면.

너무 답답해서 남의 핸드폰을 빌렸다. 벨 소리가 가까이에서 들렸다. 성광의 눈이 지나가는 여자에게 향했다.

"여보세요?"

걸음을 멈춘 그녀가 전화를 받았다.

"여보세요?"

그가 들고 있는 핸드폰에서 낭랑한 그 목소리가 들렸다.

성광은 거친 숨을 내쉬며 베란다 너머를 봤다. 밀려오는 붉은 빛이 문가에 선 그와 여자를 비췄다가 사라졌다. 흠칫, 한기가 들어 옆을 봤다. 아무것도 없었다. 위층에서 쿵쿵거리는 소리가 여럿 들렸다. 현관문 너머 옆집에선 문을 열어둔 채 저들끼리 외국말로 뭐라고 떠들어 댔다.

분명 위층에 아내가 숨어있다. 그 여자가 아내의 핸드폰을 가지고 있으니 당연했다. 당당히 가서 집에 가자고 해볼까, 울고 빌며 사과를 해볼까. 여러 고민을 하던 중 저들이 경찰을 불렀다. 그때부터 일이 꼬이기 시작했다. 모르는 전화번호로 여러 번 전화가 왔다. 경찰이겠지. 대체 자신이 뭘 했다고 그러는 걸까.

조급해졌다. 단지 성광은 아내를 만나고 싶었을 뿐이었다. 경찰이 자신을 찾고 있으니 그전에 만나고 싶었다. 여자의 집으로 갔다. 혹시나 해서 문손잡이를 돌려봤다. 문은 굳건히 잠겼다. 어떤 소리라도 들릴까 봐 얼굴을 현관문에 갖다 댔다. 고요한 집안에 별다른 소리가 들리지 않았다. 대신 옆집에서 발소리가 들렸다. 소리가 점점 커져서 재빨리 계단 위로 올라갔다. 끼이익. 302호 문이 열리고 안에서 남자가 고개를 내밀었다.

그놈이다. 여자를 쫓아 미행할 때 중간에서 방해한 놈. 이번에도 자신을 방해하려고? 화가 치밀었다. 참지 않고 달려들었다. 놈을 쓰러트리고, 준비한 칼을 꺼내 찔렀다.

그건 아내를 위해 준비한 거였는데 놈이 모든 걸 망쳐버렸다.

더웠다. 빈집 창문은 내내 닫혔기에 여름의 열기가 고스란히 집안에 고였다. 땀이 흘러 손바닥으로 얼굴 닦았다. 끈적거리는 느낌이 들어 손을 봤다. 붉은빛에 손이 물들었나 싶었는데 피였다. 놈을 찌를 때 묻어난 듯했다. 성광은 옷에 손을 쓱쓱 문질렀다.

부엌으로 갔다. 수도를 틀자 다행히 끊기지 않았는지 미적지근한 물이 흘렀다. 손을 닦으면서 얼굴과 머리에 물을 끼얹었다. 물까지 마시자 조금은 정신이 들었다. 깊은 한숨을 내쉬었다.

"여보."

갑자기 들린 소리에 옆을 봤다. 붉은빛 속에 여자가 있었다.

빈집에 누가 있을지는 생각도 안 해봤다. 성광은 도망가려고 몸을 틀다가 멈췄다. 어디로? 밖엔 경찰이 우글거렸다. 여기는 여자 외엔 아무도 없었다. 나가느니 차라리 여자를 제압하는 게 쉬운 해결책이지 않을까. 그는 주위를 둘러봤다. 딱히 무기가 될 만한 게 없었다.

"여보."

아무나에게 여보라고 부르다니. 정신이 온전치 않음이 분명했다. 꼴은 또 어떠한가. 온몸이 젖어 바닥에 더러운 물 자국을 만들었다. 성광은 천천히 두 손을 들었다. 정신이 든 여자가 소리라도 지르면 자신은 망하는 거였다. 그렇게 둘 순 없었다.

여자가 천천히 고개를 들었다. 젖은 머리카락 사이로 눈이 드러났다. 허공을 헤집던 눈동자가 성광을 직시했다. 시선이 마주치자 성광은 눈앞의 여자가 사람이 아님을 알아챘다. 그녀의 몸이 사시나무처럼 흔들렸다.

그녀가 웃었다. 불어 터진 입술 살점이 늘어져 그렇게 보이지 않았으나 그 사이로 흘러나오는 웃음소리로 알 수 있었다. 점점 커지는 웃음이 집안에 울려 퍼졌다. 너무도 크고 날카로운 소리라 귀를 틀어막았다.

성광은 휘청거리며 뒤로 물러났다. 이상했다. 이렇게 찢어질 듯한 소리가 들리는데 아무도 이 집 문을 두드리지 않았다. 뭔가 잘못됐다. 성광은 현관으로 달려가 문손잡이를 돌렸다. 문이 열리지 않았다. 뒤를 돌아봤다. 어둠에 사라진 여자가 붉은빛에 나타났다. 그는 겁에 질려 문을 두드려댔다. 살려달라고 소리 질렀다.

그리고 마지막으로 돌아봤을 때, 여자가 코앞에 있었다. 긴 두 팔이 그를 끌어안았다. 차갑고 비릿하며 물컹한 그 품은 성광을 올가미처럼 옥죄었다. 벗어날 수가 없었다. 숨이 막혔다. 귓가에 축축한 입술이 닿았다. 물이 끓어오르는 소리에 섞여 여자가 말했다.

"여보, 당신이 나를 보낸 곳은 너무 추워. 늘 함께하자고 했으니 같이 가자."

302호

마른 가지가 세찬 바람에 흔들렸다. 잿빛 하늘에서 금방이라도 눈이 내릴 것 같았다. 영식은 병원에서 퇴원한 후 집으로 돌아왔다. 그 사이 202호와 301호는 이사 갔고, 101호는 할머니가 병원에 입원하시는 바람에 아무도 없었다. 영식도 D시를 벗어나 다른 곳에서 새 출발을 하기로 정했다.

오늘 편의점이 문을 닫았다. 좀 더 있고 싶다던 사장은 자식의 성화에 못 이겨 가게를 정리했다. 그녀는 영식에게 소주 세 병이 든 비닐봉지를 선물로 줬다. 뭘 줘야 할지 몰라 제일 좋아하는 걸 준비했다며. 그는 어두워지는 거리를 거슬러 올라갔다. 오래되고 낡은 빌라의 입구를 지나, 메마르고 얼어붙은 꽃밭을 지나, 바다가 보이는 곳에 섰다.

어둠에 잠긴 방파제에 거친 파도가 부딪혔다. 그는 봉지에서 소주 하나를 꺼냈다. 뚜껑을 따 허공에 부었다.

영식은 몇 년 전을 떠올렸다.

서리가 낀 언덕을 몇 번이나 미끄러지면서 내려갔던 그 겨울밤. 손에 든 여행 가방을 놓쳐 가파른 길 위로 구르다가 멈췄을 때의 그 아찔함. 요란한 소리에 누군가한테 들킬 것만 같았다. 허둥지둥 내려가서 봤더니 플라스틱 재질의 가방 모서리가 깨졌다. 그 사이로 여자의 하얀 팔이 삐져나왔다. 추위가 아닌, 두려움으로 이빨이 맞부딪혔다. 영식은 대충 그 팔을 안에 욱여넣고 얼어붙지 않는 바다로 갔다.

오늘 같은 어둠에 잠긴 바다에 가방을 힘껏 던졌다. 꼬르륵, 소리를 내며 물에 빠지는 가방을 파도가 집어삼켰다. 한참을 그곳만 바라봤다. 다시 떠오를까 봐. 새하얀 입김이 이리저리 흩어졌다. 영식은 고개를 돌려 언덕 위를 바라봤다.

가로등 근처에서 직장 상사 서 부장이 담배를 태우고 있었다.

영식은 봉지에서 소주 하나를 더 꺼냈다. 액체가 바람에 흔들리며
바닥에 떨어졌다.

"아내가 죽었어."

술이나 마시자고 집으로 부른 서 부장이 영식에게 한 말이었다. 그
러나 막상 마주한 서 부장은 땀투성이에 흐트러진 옷차림이었다. 담
배에 불을 붙이며 손끝으로 머리를 긁었다. 일이 참 귀찮게 됐다는 표
정이었다. 무어라 대답하지 못하고 입만 벙긋거리는 영식에게 안방을
향해 눈짓했다.

"볼래?"

"……네?"

"네가 좀 도와줬으면 해. 술 마시고 들어왔더니 잔소리를 하잖아.
그래서 화가 나서 좀 때렸는데, 일어나질 않네. 당황해서 밖으로 나오
다가 어디에 걸려 넘어졌는데, 발목을 접질렀는지 걸을 수가 없어. 한
시가 급한데 생각나는 게 너더라고."

"제가, 왜……?"

"너 일 잘리기 싫다며? 나한테 울면서 애걸했잖아. 어머니 병원비
벌어야 한다면서. 이거 아니면 안 될 것처럼 굴어놓고 마음이 바뀐 건
아니지? 아, 오해하지 마. 나도 너 도와주려고 이러는 거야. 가불받고

싶어 했지? 얼마였더라? 그거 다 줄게."

영식은 마지막으로 봉지에서 소주를 꺼냈다. 검은 비닐이 바람에 어디론가 날아가 버렸다. 마지막 소주는 자신이 마셨다. 그는 소나무 밑, 무릎까지 오는 정원석을 바라봤다. 어머니가 돌아가시고 일까지 그만두면서도 죄책감은 사라지지 않았다. 그래서 죽여버렸다. 자신을 이렇게 만들어 버린 데 대한 복수심에 사로잡혀. 정신을 차렸을 땐 그는 저 돌 밑에 남자를 묻었다.

죄책감은 여전히 남았으나 이제는 떠날 마음이 생겼다. 영식은 마저 술을 들이켜고 병을 멀리 던져버렸다. 그는 돌아섰다.

오션빌이라는 글자 위로 하얀 눈발이 흩날렸다.

송장 빌라

문화류씨

이 이야기는 6년 전에 겪었던 실화이다.

2016년 여름, 형에게 전화가 왔다.
평소 문자 정도 하는 사이였기에 통화는 꽤 낯설었다.
"여보세요?"
"어 그래, 나야⋯⋯."
전화를 받자마자 3초간 정적이 흘렀고 미세하게 떨리는 형의
숨소리가 느껴졌다.
"무슨 일이야?"
"그, 그게⋯⋯. 너 시간 되냐?"
매사 냉정하고 논리적인 형 아니던가? 곤란한 일이 있는 듯
뜸을 들이는 게 마음에 걸렸다.

"무슨 일인데?"

"지금 해운대에 있는 대학병원인데……."

심장이 덜컥 내려앉았다.

"다쳤어?"

"아니, 그게……. 설명하자면 길어. 일단 2층 안과로 와줄래?"

큰일이 난 것이 틀림없다. 25년간 전화를 먼저 한 건 손 꼽을 만한 일이니까. 더욱이 먼저 도움을 청한 일도 처음이었다.

아주 어렸을 무렵, 아버지의 폭력에 엄마가 집을 나갔다. 가지 말라며 붙잡았지만 아버지의 피가 섞인 놈들은 상종하기도 싫다며 뒤도 돌아보지 않았다.

아버지는 도박중독자였다. 매번 주머니에 돈이 떨어질 때면 집을 쑥대밭으로 만들었다. 아버지는 형이 엄마를 닮았다며 때렸는데, 말리다가 나까지 맞는 날이 매일이었다.

어느 날, 집에 전화가 왔다. 형이 한참 동안 통화를 했는데 모처럼 편안한 표정이었다. 전화를 끊은 형이 내게 물었다.

"치킨 먹을래?"

고개를 끄덕이자, 형이 머리를 쓰다듬었다. 형은 치킨을 주문한 뒤 다 부서진 천장에 손을 넣었다. 그곳에서 철로 된 통을 꺼내었다. 그리고 가득 담긴 지폐 더미 속에서 만 원을 꺼냈다. 어린 마음에 아버지가 돈을 가져갈까 불안했다.

"다른 데 숨겨야 하는 거 아니야? 저번처럼 쇠파이프 들고 천
장 내려치면 어떡해? 아버지가 알면 전부 가져갈 텐데……."

"괜찮아, 이제 안 와."

이후 아버지를 본 적도 없었다. 고등학교를 졸업할 무렵, 선
생님과 상담하다가 아버지가 교도소에 복역 중이라는 걸 알게
됐다. 도박에서 돈을 모두 잃은 후 함께 놀음 하던 인간들을 칼
로 찔렀다고 했다. 그중 셋이 죽는 바람에 무기징역 형을 받았
는데, 지금까지도 형은 말한 적이 없다.

형은 푸념 한 번 내놓은 적이 없었다. 아르바이트를 하다가
다쳐도, 어린 동생을 위해 25킬로그램 감량 후 군 면제를 받아
도 말하지 않았다. 시간이 지난 후, 자연적으로 알게 되었다. 내
가 알지 못하는 일들은 얼마나 많을까?

불쌍한 형…….

옛날 일들을 떠올리다 보니 어느새 병원에 도착했다. 에스컬
레이터를 타고 2층 안과로 가니 형이 소파에 앉아 있었고, 옆자
리에 회사 지인이 심각한 표정을 짓고 있었다. 예감이 좋지 않
았다. 형 앞에 섰는데, 내가 온 줄도 몰랐다.

"나 왔어."

형은 고개를 들었다.

"시원이 왔니? 좀 앉아."

형은 침착했다. 어떻게 된 일이냐며, 형을 붙잡고 묻고 싶었지만 혼란스럽게 하고 싶지 않았다. 십여 분 정도 침묵하고 있는데, 간호사가 다가왔다.

"안정원 님, 그리고 보호자 분도 진료실로 들어오세요."

형 지인이 말했다.

"과장님을 부축하셔야 해요."

형의 팔을 잡고 진료실에 들어갔다. 의사가 건조한 표정으로 모니터를 가리켰다.

"무산동 광각 안저 촬영기로 검사한 결과, 망막에 이상이 없었습니다. 그리고 시신경 검사도 했는데 이상 없습니다. 다만 제 소견으로는 안정원 님의 눈은 감염이나 노화로 인한 질병이 아니라, 정신적 스트레스에서 오는 문제가 아닐까 추측해봅니다. 안정원 님처럼 갑자기 시력을 잃은 환자가 드물게 있었는데요. 약물치료나 수술로도 시력이 회복되지 않는 경우가 많았습니다. 다만 어떤 환자는 저절로 치료된 경우도 있었기에 희망을 잃지 마시길 바랍니다. 일단 경과를 지켜보도록 하죠."

머릿속이 새하얗게 변했다. 이런 일은 처음이라 의사에게 무엇을 물어야 할지 떠오르지 않았다. 형은 덤덤하게 고개를 끄덕였다.

"그렇군요. 사실 어제 동네 병원 두 곳을 다녀왔습니다만 선생님과 같은 이야기를 하시더군요. 그렇다면 자연적으로 치료되는 경우는 몇 명이나 있었나요?"

의사는 꽤 오랫동안 뜸을 들인 후 입을 뗐다.

"한 명입니다. 어느 날 갑자기 눈이 보인다고 찾아왔더군요."

형은 고개를 끄덕였다.

"그래도 희망적이네요."

형은 앞이 보이지 않아 모르겠지만, 의사의 표정이 매우 어두웠다.

진료가 끝나자, 형 지인이 달려 나왔다.

"과장님, 뭐라고 하던가요?"

형은 쓴웃음을 지었다.

"성훈 씨, 미안하지만 사장님께 사직서 좀 전해줄래?"

형에게 찾아온 비극이 실감나지 않았다.

"시원아, 나 집에 좀 데려다 줄래?"

"어? 내가 데려다 줄게."

형 지인이 눈물을 글썽였다.

"과장님, 그러지 말고 제 차로 가시죠?"

"아니야, 성훈 씨. 더 이상 신세를 질 수 없지. 그동안 고마웠어. 덕분에 곤란한 일도 수월하게 해결했어."

그는 형에게 몇 번이고 인사를 반복했다.

우리는 택시를 탔다.

"백동중학교 아래에 있는 주황색 집이요."

평소처럼 말없이 창밖만 봤다. 형의 눈이 영원히 보이지 않는다면 무슨 일이 생길까? 막연함에 답답했다.

"왜 한숨 쉬냐?"

"심란해서……"

"심란하기는. 너 우리 집 처음 가는 거지?"

"그러고 보니, 그렇네?"

우리 형제의 고향은 경기도 부천이었다. 내가 부산에 있는 대학으로 입학하면서 기숙사로 들어갔는데, 그때 이후 한 번도 본 적이 없었다. 먼 곳까지 간 이유를 설명하자면, 매번 어린애 취급인 형으로부터 벗어나고 싶었다. 몇 달 후에 형이 부산으로 발령받았지만……. 설마 우연이었을까?

솔직히 감시하고 있다는 생각에 불쾌했다. 티는 내지 않았지만 학비나 생활비도 스스로 벌어서 쓰겠다고 선언했다.

그러던 어느 날, 전공이 맞지 않아 학교를 그만두었고 적성을 찾았다. 간간히 아르바이트는 피할 수 없었는데, 일이 고될 때면 형이 생각났다. 어쩌면 형이 감시하거나 어린애 취급한 게 아닐지도……. 그러고 보면 형은 지금까지 자기 생각을 강요하거나 화를 낸 적이 한 번도 없었다. 한 해, 두 해 나이를 먹어가며 형에게 고마운 마음은 커졌지만 가족끼리 생색내는 게 간지러워 참았다.

택시는 백동중학교 아래에 있는 주황색 집에 멈췄다.

"형, 주황색 주택 여기에 살아?"

"주황색 집 전부가 우리 집이 아니고, 대문으로 들어가서 왼쪽에 있는 곳만……."

고개를 돌리는 순간 눈을 의심했다. 키보다 작은 알루미늄 미닫이문이 있었는데, 중앙에 자물쇠가 걸려있었다. 형은 왼쪽 가슴에 있는 주머니에서 열쇠를 꺼냈다.

"좀 열어줄래?"

형의 처지가 좋지 않은 것 같아 걱정됐다. 문을 열었다. 푸른색 타일이 붙여진 작은 부엌이 나왔다. 옆에는 작은 미닫이문이 또 있었는데, 문을 여니 사람 하나 누울 공간이 나왔다. 방에는 이불과 베개만 있을 뿐 아무 것도 없었다. 더욱이 화장실은 외부에 있었고 세입자들이 공용으로 쓰고 있었다.

"형……. 여기 회사에서 준 숙소야?"

"아니?"

"뭐가 이렇게 휑하고 좁아? 도대체 어떻게 살고 있는 거야?"

"뭘 어떻게 살아? 일하고 나면 집에서 잠만 자는데 뭐가 더 필요하냐?"

서른여섯 남자의 생활 흔적이 아니었다. 무소유의 삶이라도 실천하는 걸까? 장롱에는 양복 두 벌과 트레이닝복 세 벌 뿐이었다. 트레이닝복은 형이 고등학교 시절부터 입던 것으로 엄마가 사준 유일한 옷이라 버리지 않는 듯했다. 회사에서 인정받는 형이 왜 이렇게 사는지 이해할 수 없었다.

"돈 벌어서 뭐해? 남들처럼 재밌게 좀 살지. 먹고살 만하잖아."

"너 이제 가라. 바쁘지 않니?"

"형 눈이 그런데 내가 어디를 가? 여기에서 어떻게 혼자 생활하냐? 당장 우리 집으로 가. 일단 거기서 지내."

형은 고집을 부렸다. 괜찮지 않은 상황임에도 괜찮은 척 미소 짓는 모습에 화가 치밀어 올랐다. 억지로 형을 일으켜 세운 뒤 문밖으로 끌고 나왔다.

"시원아, 나는 정말 괜찮아."

"집에 아무 것도 없는데, 밥은 어떻게 먹을 건데? 형한테 무슨 일이라도 생기면 나는 어떻게 하라고?"

형은 안간힘을 쓰며 떼를 썼다.

"시원아, 나 안 간다니까?"

"도대체 왜 이러는 건데?"

동네가 쩌렁쩌렁하게 울렸다. 처음으로 형에게 고함을 질렀다. 형도 놀라서 어깨가 움츠러들었다.

"그게 아니라, 부엌 찬장에 차 키를 꺼내려고……. 너 운전할
줄 아니?"

형이 부엌 찬장을 가리켰다.

"아, 알아. 주말에는 대리운전도 하거든."

골목길을 빠져나와 차 키를 눌렀다. 길가에 에스유브이 한 대
가 불을 깜박였다.

"이야, 차 좋은데? 차는 좋은데…… 집은 왜 그래?"

집까지 가는 내내 우리는 아무런 대화도 없었다. 형에게 소리
를 지른 것이 마음에 걸렸다. 형에게 전화를 받은 후로 옛 생각
이 저절로 떠올랐는데, 그리우면서도 그 시절이 싫어서 혼란스
러웠다.

"형은 그때 왜 날 버리지 않았던 거야?"

부모도 자식을 버리는 마당에 형에게 동생을 키울 의무는 없
었다. 열여덟 소년이 뭘 안다고……. 형은 나를 키웠고 부모의
빈자리를 채워줬다. 어린 나이에 엄청나게 노력했을 거다. 만약
의사의 말대로 스트레스가 병의 원인이라면 불행한 과거의 탓
도 있을 것이다.

불안한 것이 있다면 나 역시 넉넉한 삶은 아니기에 집이 좁았
다. 나 하나 누울 침대와 책상이 전부였지만 형이 사는 곳보다

는 괜찮다고 판단했다.

"형, 다 왔어."

"거리가 꽤 있네?"

"배고프지? 빨리 들어가서 밥이나 먹자."

"아니, 입맛 없는데."

"다 먹고 살자고 하는 짓인데……."

형을 집에 데려오니 집이 가득 찼다. 형이 몇 번 벽을 짚더니 쓴웃음을 지었다.

"너도 힘들게 사는구나?

"어휴, 형이나 신경 쓰셔. 누가 누굴 신경 써?"

이상했다. 형은 늘 다정했는데, 나는 늘 화만 내는 것 같았다. 그동안 버텨온 삶이 짜증과 분노만 있어서일까? 아니면 형을 책임져야 한다는 부담감 때문일까?

"짜증 내서 미안해. 사는 게 좀 힘들기도 했고 형이 그렇게 살고 있어서 화가 났나 봐."

"네가 뭐가 미안하냐. 다 내 잘못이지."

"뭐가 형 잘못이야. 나 때문에 형이 얼마나 힘들게 살았는데…… 어쩌면 형이 그렇게 된 것은 나 때문일지도 몰라. 차라리 그때……."

형은 한숨을 크게 쉰 후, 벌떡 일어났다.

"여기가 침대냐? 나 여기서 자도 되는 거지? 너무 피곤하다. 넌 할 일 해라."

입맛도 없고 순식간에 무기력해졌다. 한참을 의자에 앉아 창밖을 봤다. 빗방울이 하나 둘 떨어졌다. 다 무너져 가는 집에서 날 키우던 형이 떠올랐다. 부천에서는 아무도 부서진 천장을 고칠 생각이 없었다. 나와 형만 남았을 때, 형이 플라스틱 재질의 천막을 구해서 지붕을 덮었다. 덕분에 사는 동안 빗물이 샌 적은 없었다.

형은 시간을 내어 함께 드라마나 영화를 봤다. 그 속에 나오는 주인공과 악역의 관계에 대해서 늘 설명했는데, 덕분에 물결이 일렁이는 텔레비전으로 재밌게 봤다. 형은 주인공과 악역이 종이 한 장 차이라고 했다. 누구나 주인공이 될 수 있고, 악역이 될 수 있다며 자신의 욕망으로 인해 누군가를 희생시킨다면 악역이 된다고 했다. 반면 나를 희생하며 타인을 구할 수 있다면 주인공이 된다고 했다. 덕분에 힘든 환경에서 비뚤어지지 않게 사는 것에 자부심을 느꼈다. 성격은 좀 망가졌어도 불의와 타협한 적은 없었기에…….

사실, 형의 시력이 다시 돌아오지 않을 가능성이 컸다. 형에게 내가 필요하다는 의미다. 지금 생각하면 내게는 형이 있었지만 형은 누구도 없었다. 형과 함께 살기로 마음먹었다.

"투두둑…… 투두두둑……."

부산스러운 소리에 눈을 떴다. 시계를 보니 아침 아홉 시였다.

형이 부엌을 근처를 서성이다 물건들을 떨어트렸다.

"뭐 필요한 거 있어?"

"물 마시고 싶어서……."

냉동실에서 얼음을 꺼낸 후 컵에 담았다. 현관문 앞에서 물병 하나를 꺼내어 물을 부었다.

"자, 여기, 시원한 물이 없어서 얼음 넣었으니까 조심히 마셔."

형은 단숨에 물을 들이마셨다. 이후 목이 많이 말랐는지 두 번을 연거푸 마셨다.

"배고프지 않아? 뭐라도 좀 먹을래? 뭐 먹고 싶어?"

"그냥 커피랑 빵 정도? 그거 먹고 집에 가야겠어."

"가긴 어딜 가? 일단 밥은 나가서 먹기로 하고 할 말이 있어."

"뭔데?"

"내가 형 책임질 테니까, 같이 살자."

"거절할게."

"고집부리지 마. 일단 형 회복하는 데 신경 쓰자. 회복하고 나면 따로 살면 되잖아."

"내 일은 내가 알아서 할 테니까, 이제 신경 쓰지 마."

섭섭함이 북받쳐 올랐다.

"형, 그게 무슨 섭섭한 소리야? 내가 형 아니면 어떻게 살아 왔겠어. 이렇게 사는 것도 형 덕분인데. 형이 있어서 비뚤어지지 않고 살았어. 이제는 내가 형한테 은혜를 갚을 차례야. 나는 무슨 일이 있어도 형을 책임질 거야."

복잡한 감정이 여러 번 마음을 훑고 지나서야 깨달은 진심을 말했지만 형은 말이 없었다. 한동안 정적이 흐른 후 형이 주저 앉았다. 바닥에는 눈물이 흥건했다.

"무서워. 어느 날 갑자기 앞이 보이지 않는데 너무 무섭더라. 앞으로 어떻게 해야 될지 막막한데 곁에는 아무도 없고…… 너에게까지 피해 끼치기 싫었어. 그런데 나한테는 너밖에 없더라. 미안하다."

누구를 탓할 수 있겠나? 신을 탓해야지. 너무했다. 착한 형에게 가혹한 운명이었다.

"형, 너무 걱정하지 마. 다시 앞을 볼 수 있을 거야. 그때까지 내가 도울게."

그날 형의 울음은 단지 시력을 잃은 사건에서 시작된 것이 아니라, 그동안 참아왔던 울분과 고독과 비극이 터져 나온 것이었다.

형과 살기 위해서는 원룸보다 넓은 집이 필요했다.

형은 그동안 자신이 모아온 적금과 퇴직금이 들어왔다며 계좌를 보여줬지만 시력을 회복하는 데 얼마가 들어갈지 모르기에 쓰지 않겠다고 했다. 나 역시 산전수전을 겪으며 저축을 해왔던 터라 전세로 빌라 정도는 구할 수 있을 거라 자신했다.

"형은 어느 동네로 가고 싶어?"

"글쎄…… 일단 부산을 못 벗어나겠지?"

"해운대는 너무 비싸고, 사하구는 학교 사람들 만날 것 같고, 영도는 전 여자 친구가 살아서 안 되고……."

부동산 어플을 이리저리 찾아도 적당한 곳이 없었다.

사실 돈이 문제지, 집이 문제겠는가. 한참 핸드폰 화면을 키우고 줄이고를 반복하고 있는데 한 지역이 눈에 들어왔다. 송장동이었다. 생각한 금액보다 저렴한 곳이 많았다.

송장동. 부산에서 가장 외진 곳이라는 소문만 들었다. 대학시절, 송장동에서 등교하던 선배가 있었다. 좀 전에 해가 졌음에도 버스가 끊긴다며 호들갑을 떨었다. 큰 기대는 안 했지만 매물을 선택하는 순간 눈을 의심했다.

"전세 이천만 원, 24평, 방 세 개에 화장실 두 개?"

하늘이 우리 형제를 돕는 것 같았다.

"형, 송장동 알아?"

"송정? 바다 있고 경치 좋고 좋지. 거기 병원도 가깝고 말이야. 그런데 거기 많이 비쌀텐데."

"아니, 송정 말고 송장동. 반송이랑 금사동 사이에 있는 동네 말이야."

"처음 들어보는데?"

"거기에 괜찮은 집이 있는데, 한 번 보러 가자."

마음이 들떴다. 아무리 생각해도 우리를 위한 집처럼 느껴졌다. 외진 곳에 있다고 해도 형 차가 있기에 교통 불편을 덜 수 있고, 옛날 같으면 모르겠지만 나 역시 재택근무가 가능한 일을 하기에 안성맞춤이었다.

담당 부동산에 전화를 걸었다.

"네. 삼도부동산입니다?"

"앱에서 송장 빌라 보고 연락드렸는데요."

"아하, 그거 인기 매물이라서 빨리 보셔야 할 텐데요. 좀 전에도 고객님이 보고 가셨어요. 빨리 오셔서 보는 게 이익입니다."

"지금 당장 가겠습니다. 40분 정도 걸릴 것 같아요. 인터넷에 적힌 주소로 가면 되나요?"

"네."

놓치고 싶지 않았다. 서둘러 형을 차에 태우고 시동을 걸었다.

"도대체 얼마나 좋은 집이기에 그러냐?"

"형, 요즘 시대에 전세 이천에 방 세 개야. 그리고 화장실이 두 개야. 형이랑 사는데 문제없어."

"너무 싸면 이상한 곳일지도 모르니 제대로 봐."

"어이구 형님, 요즘은 사기매물이면 앱에서 등록조차 안 돼요."

"아니, 그 외에도 사람이 죽은 곳이라든지……."

"아 형, 시대가 어느 시대야. 인간이 마음만 먹으면 화성에도 가는 시대란 말이야. 어릴 적에 누구보다 논리적이셨던 분이 왜 그러셔?"

"요즘 시세랑 안 맞잖아……. 혹시 마음에 들어 계약을 하더라도 등기부등본 반드시 확인하고 소유주 확인과 근저당이 잡혀있는지 잘 확인해 봐."

"아 형, 나 애 아니야. 나도 산전수전 다 겪은 스물다섯이라고……."

그날따라 차가 밀리지 않아 생각보다 일찍 송장동에 들어섰다.

송장동은 지대가 높은 곳이었다. 확실히 차가 없으면 다니기 힘든 곳 같았다. 오래된 빌라나 아파트들이 많이 보였다. 지나가는 사람들이라곤 노인뿐이었다.

차 안에서 내내 조용했던 형이 입을 뗐다.

"여긴 조용한 동네인가 보다?"

"조용해서 좋지 않아?"

"딱히 신경 쓰지는 않아."

"형은 일단 차에 있어. 내가 만나고 올게. 무슨 일 있으면 전화하고……."

삼도부동산 앞에 차를 세우고 문을 열었다. 공인중개사 아주머니가 일어나 반갑게 맞이했다.

"전화주신 분이죠? 일찍 도착하셨네요? 송장 빌라 지금 보러 가실래요?"

"네. 저희 차로 가시죠. 주소는 네비게이션에 찍어놔서 알고 있습니다."

"그럴까요?"

아주머니가 뒷좌석에 탔다.

"어머? 한 분이 더 있었네요."

"저희 형이에요."

형은 눈을 감은 채로 고개만 끄덕였다.

"형제 두 분이 사시려고요? 송장 빌라가 제격이에요. 첫째 조용하고, 둘째 넓고, 셋째 화장실이 두 개……."

삼도부동산은 꽤 높은 지대에 있었는데 송장 빌라는 더 높은 곳에 있었다. 문제는 길이 좁고 직선이 아닌 둘러가는 길이었다.

가장 높은 곳으로 진입하니 울창한 나무들이 빽빽하게 자리 잡고 있었고, 저 멀리 끝에 붉은 벽돌의 3층 빌라가 보였다.

"어때요? 빌라가 참 예쁘죠? 뷰도 참 좋아요. 주차할 곳도 많고요. 여섯 가구밖에 없지만, 오히려 조용하고 좋지요. 일단 2층으로 올라갑시다."

형은 내리지 않았다. 집이 마음에 들면 원하는 대로 하라고 했다.

빌라 내부로 들어서자마자 한약 냄새가 코를 찔렀다.

"여기 무슨 한약방이 있나요?"

"한약방은 아닌데 1층에 용한 한의사 선생님이 사세요."

"한의사요?"

"아니, 왜…… 그 옛날에 보면 동네에서 침도 놓고, 뜸도 뜨고, 한약도 지어주는 분 있잖아요? 정식 자격증은 없어도 용해서 멀리서도 찾아온다니까요?"

"얼마나 용한데요?"

"감기 같은 잔병은 물론이고 말기 암도 완치했다고 하죠. 저번에는 하반신 마비에 걸린 사람이 찾아왔는데 지금은 걸어 다녀요. 더욱이……."

"또 있나요?"

아주머니는 주위를 살핀 후 오른쪽 손을 곧게 세워 입에 댔다.

"3년 전, 1층에 사는 선생님 아들이 학교에서 뛰어내려 자

살한 적이 있었어요. 병원에서 못 살린다고 포기하라고 했는
데…… . 결국 살려 냈어요!"

머릿속이 번쩍였다. 어쩌면 형의 시력을 돌아올게 해줄지도
모른다는 생각이 들었다.

아주머니는 현관문을 열었다.

"내부를 한 번 보세요."

베란다 창으로 햇빛이 환하게 들어오는 깨끗한 집이었다. 공
사까지 해서 흠잡을 곳이 없었고, 지대가 높은데도 물이 잘 나
왔다. 더욱이 방 세 개가 넓고 큼직했다. 당장이라도 계약하고
싶은 마음이었다.

"집이 참 좋네요."

"그렇죠? 계약하실 건가요?"

"네, 계약하겠습니다."

기쁜 마음으로 차에 탔다.

"형, 이 집 좋아. 계약할 거야. 형도 올라갈래?"

형은 고개를 저었다.

"볼 수도 없는데 가서 뭐해. 나는 네가 마음에 들면 상관없어.
그리고 돈 생각은 하지 말고 더 좋은 곳 알아봐도 돼. 형이 가진
돈 다 줄 테니까."

"또 그 소리, 형 치료하는 데 돈이 얼마나 들어갈지도 모르는

데? 이 가격이면 진짜 괜찮은 거 같아. 형, 우리도 좀 편하게 살아보자."

삼도부동산으로 갔다. 아주머니는 집 주인이 바쁘니 나중에 만나라며 등기부등본과 서류를 건넸다. 서류상 문제가 없었다. 집주인의 이름은 오성애. 주소는 송장 빌라 101호로 되어 있었다.

"혹시 집주인이 101호 한의사 그분이세요?"

부동산 아주머니는 고개를 끄덕였다.

"바로 아래층에 사시는 분이니 전세금 사기나 그런 거 걱정 안 하셔도 돼요. 나중에 만나게 될 거예요. 진짜 좋으신 분이에요."

계약서에 서명했다. 전세금과 중개수수료를 이체하고 나니 계좌에 오백만 원 정도 남았다. 남은 돈으로 가구와 가전제품을 살 생각이었다. 부동산 아주머니는 핸드폰으로 입금을 확인 후 고개를 끄덕였다.

"입금 확인했습니다. 집주인도 확인했다고 연락 왔습니다. 그런데 언제 입주할 거예요?"

"내일 당장 들어갈 생각입니다."

"아, 그래요?"

계약을 마치고 일어나려는데, 아주머니가 팔목을 잡았다.

"잠깐만!"

"네?"

"저기…… 형님 말이에요. 혹시 시력을 잃으셨나요?"

"네."

"그럼 집주인을 찾아가 봐요. 집주인이 못 고치는 병이 없다니까요?"

"저도 그럴 생각입니다만……."

"꼭 가 봐요."

차에 탔다. 형은 눈을 감고 움직이지 않았다. 조심히 시동을 걸었다.

"계약했니?"

"응. 내일 들어갈 거야. 최대한 빨리 가구랑 가전제품도 사야하고……. 일단 밥 먹으면서 생각하자."

"그래."

나만 좋으면 괜찮다던 형이 마음에 걸렸다. 하긴 하루아침에 시력을 잃는다면 내 기분은 어떨까?

"형. 포기하지 말자. 다시 앞을 볼 수 있게 될 거야."

"정말 그럴까?"

"당연하지! 배고프다. 형은 뭐 먹고 싶어?"

뭐하나 쉽게 되는 법이 없다. 입주하는 날 아침부터 비가 엄청나게 쏟아졌다. 송장 빌라에 들어서자 북 치고 꽹과리 치는 소리가 굉장히 거슬렸다.

"어디서 굿이라도 하나? 일단 내리자."

차에서 내린 형은 전날 산 맹인 스틱을 펴서 땅을 짚었다. 재빨리 우산을 들고 형에게 갔다.

"형, 처음에는 꼼꼼히 주위를 짚어서 장애물이 없나 확인하고 소리를 잘 들어야해. 여기는 주차장이야. 사각형 블록 느껴지지? 곳곳에 풀도 있고 말이야. 혹시라도 다니게 되면 조심해야 해. 지금은 차 두 대뿐이지만. 일단 빨리 들어가자, 짐 옮겨야 해."

빌라 출입구 앞에 들어서자 형이 내 손을 놓았다.

"혼자 가볼게."

"그래. 우리 집은 2층이야. 201호! 비밀번호는 형 생년월일 여섯 자리!"

"나도 알아. 어린애 취급하지 말아 줄래?"

형이 피식 웃는 순간, 마음이 놓였다.

"에잇, 한 번 더 갔다 와야겠네."

얼마 안 되는 짐이었지만 상당히 무거웠다. 거친 숨을 몰아쉬며 복도를 올랐다. 형이 용케 집에 들어갔다고 생각할 무렵, 3층에서 스틱 짚는 소리가 났다.

"형, 우리 집 2층이라니까?"

짐을 내려놓고 3층으로 향했다.

"타다닥…… 타다다닥……."

술래잡기라도 하자는 듯 형이 스틱을 짚으며 빠르게 올랐다.

"뭐야? 벌써 적응한 거야? 그래도 조심해! 빗길에 넘어지면 다쳐."

이상했다. 가장 꼭대기인 옥상 문 앞까지 왔는데 아무도 없었다. 분명 스틱 소리였는데 착각이라도 한 걸까? 서둘러 내려가 우리 집 문을 열었다. 현관문 앞에 형의 신발이 있었다. 형은 이곳저곳을 쓰다듬으며 집을 파악하고 있었다.

"형, 용케 찾아왔네?"

"나를 뭘로 보고……. 옆집은 왜 이렇게 시끄러워?"

굿하는 소리의 근원지는 옆집이었다.

"귀신에 쒼 사람이라도 있나? 일단 남은 짐이 있어서 갔다 올게."

"그래."

현관문 손잡이를 잡고 돌리려는 순간,

"으헤헤…… 으흐흐흐……."

간사한 남자의 웃음소리가 들렸다. 불쾌함에 문을 열었지만 아무도 없었다.

비는 거세게 내렸다. 다시 두 손 가득 짐을 들었다. 그러던 중 3층 베란다에 앉아 있는 노인과 눈이 마주쳤다.

"어르신, 안녕하세요. 201호에 이사 왔습니다."

"하필이면 비 오는 날 이사 왔능교? 오늘 손 있는 날인데……. 잘못 왔다. 요즘 젊은 사람들은 그런 거 신경 안 쓰나? 아무튼 반갑소. 내는 301호요. 따뜻한 집밥 먹고 싶으면 놀러 오소. 우리 마누라가 된장찌개를 기가 막히게 끓인다 아입니꺼?"

"네. 나중에 따로 인사드리겠습니다."

"짐 다 젖겠습니다. 퍼뜩 들어가소."

온몸이 비와 땀이 섞여 찝찝했다. 짐을 내려놓고 현관문 비밀번호를 누르는데 빗물 때문인지 버튼이 잘 눌러지지 않았다. 옷으로 버튼을 닦는 순간, 갑자기 모든 것이 새하얗게 변했다. 어떻게 된 일인지 창밖만 보고 있는데 벼락 떨어지는 소리가 들렸다.

"쾅!"

그렇게 놀란 적은 처음이었다. 벼락의 여운이 꽤 오랫동안 몸에 머물렀는데 죽다 살아난 기분이었다. 온몸이 떨리고 진정이 되지 않았다. 정신을 차린 후 다시 현관문을 열려는데, 202호 문이 벌컥 열렸다.

"으아아아악!"

202호에서 무당으로 보이는 남자가 겁에 질려 나왔고, 뒤 이어 남자들이 소리를 치며 나갔다. 무슨 일인지 궁금해서 202호 집안을 한참 보고 있는데, 앓는 소리가 들렸다. 온몸이 바싹 마른 남자가 피를 토하며 기어 오고 있었다.

"으어어어…… 도…… 도와주세요."

"무…… 무슨 일이에요?"

"이…… 이곳에…… 귀…… 귀신이……."

순간 202호 현관문이 저절로 닫혔다. 문을 두드리고 손잡이를 돌려봤지만 열리지 않았다. 다급하게 핸드폰을 꺼내 119에 신고했다.

"여기 송장동 주원길44번마길 22 송장 빌라인데요. 202호에 사는 분이 위험해요. 현관문도 열리지 않고……."

"주원길44번마길이요?"

일 초가 급한 상황에 119는 뜸을 들였다.

"빨리요. 사람 죽는단 말이에요."

"일단 알겠습니다. 최대한 빨리 가겠습니다."

그때 형이 문을 열었다.

"무슨 일이야?"

"옆집에 사람이 쓰러졌는데, 문이 열리지 않아."

"신고했어?"

"응. 최대한 빨리 올 거래."

202호 남자가 정신을 잃지 않도록 문을 두드리며 말을 걸었다.

"조금만 참으세요. 곧 구조대가 올 겁니다."

집 안에서 뭐라고 하는 소리가 들렸지만 알아들을 수 없었다. 저 멀리서 사이렌 소리가 났다.

"이제 다 왔어요."

구조대원이 문을 땄다. 남자가 온몸이 뒤틀린 듯 괴로워하고 있었다. 구조대원이 호흡기를 달아주자 남자의 상태가 서서히 좋아졌다. 구조대원은 들것에 그를 옮긴 후 빠르게 내려갔다. 정신이 없었다.

욕실에 주저앉아 멍하니 천장만 바라봤다. 귀신이니, 미신이니 믿지 않았지만 혼이 쏙 빠진 상태였다. 202호에 무슨 일이 있었던 걸까? 살다보면 누구나 겪는 해프닝이라며 위로했다.

"형은 나중에 샤워해. 도시가스가 네 시에 온다고 했으니까! 이사 첫날부터 정신이 없네. 하하하. 근데 문은 사방으로 왜 열어놨어? 비 들어오는데……."

"창문 닫지 마!"

"왜?"

"이 집에서 냄새나지 않니?"

"아…… 한약 냄새? 나도 처음에는 심하다고 생각했는데, 지금은 아무렇지도 않아. 다행히 1층에 유명한 한의사 선생님이 사신대. 우리도 한 번 가보자."

"아니, 그거 말고……."

"한약 냄새 말고 뭐?"

"썩는 냄새 말이야."

"글쎄. 전혀 모르겠어. 나한테 나는 냄새는 아니겠지? 깨끗하게 씻었는데 말이야."

형의 표정이 좋지 않았다.

"미세하게 악취가 나. 신기하게도 어떨 때는 이곳에서 나는데, 어떨 땐 저곳에서 나."

아무래도 시력을 잃으면 다른 감각들이 예민해지기 마련이라 생각했다.

"악취의 근원지를 찾아볼게. 그런데 형, 정말 미안한데 배고프지 않아? 짜장면 한 그릇 해야 하지 않을까?"

"이상하네. 아무리 고지대라도 오토바이가 못 올 정도는 아닌데, 중국집이며 치킨집이며 배달을 왜 거부하지? 하…… 정말 301호 할아버지 말대로 손 없는 날에 이사 오지 않아서 그런 건가? 오늘 뭔가 일수가 꼬인 날인가 봐. 형, 짜장라면 어때?"

형은 고개를 끄덕였다.

"외식은 내일 나가서 하자! 어차피 냉장고랑 세탁기 사야 하잖아. 새것은 못 사고 중고로 살 생각이야. 형 돈으로 새것 살 생각 없으니까 쓸데없는 소리 하지 마. 그나저나 형 침대는 좋은 걸로 사자."

"난 바닥에서 자도 괜찮아. 나 신경 쓰지 말고 너나 신경 써."

"의사 선생님이 스트레스 때문이라고 한 거 잊었어? 잠이 보약이야. 편안한 침대에서 자야 스트레스도 줄고 하루 빨리 시력을 회복하지."

"그런데 말이야. 생활비는 어떻게 할 거야? 너 돈 벌어야 하는 거 아니니?"

"최근까지도 편의점 아르바이트하고 대리운전 알바 뛰었는데, 이제는 괜찮아. 형 동생 웹 소설가야. 완결해서 새 이야기를 써야 하지만……."

형은 의외라고 생각했다.

"이야, 의외인 걸? 언제부터?"

"작년부터. 그 전에는 지망생이었는데……. 어쩌다 보니 꿈을 이뤘네? 어릴 적 형이 영화나 드라마 같은 걸 설명해준 덕분이지. 시간적으로나 공간적으로 여유로우니까 너무 걱정하지 마."

사실 막막했다. 죽어라 써봤지만 하위권을 맴도는 순위에 고작 내가 받는 돈은 60만 원이 전부였다. 형이 잘 때 대리운전이라도 뛰어야겠다는 생각이 들었다.

우리는 짜장라면을 먹으며 집을 어떻게 사용할 것인지 상의
했다. 큰 방은 형이 쓰기로 했다. 화장실이 있었기 때문이다. 형
은 중간 방을 내 침실로 쓰고 작은 방을 작업실로 쓰라고 했다.
생각지도 못한 부분이었지만 좋은 생각이었다.

다음 날에도 비가 왔다.

"탁, 탁, 타다닥……."

형은 아무 것도 없는 집 구석구석을 스틱을 치며 돌아다녔다.

"형, 무슨 일 있어?"

"아니."

"밥 먹고 중고백화점에 가자. 기장에 있는 곳인데 엄청 싸고
배달도 해준대."

"오늘은 너 혼자 가."

"나 혼자? 형은……."

"나는 집에 있고 싶어. 나 신경 쓰지 말고 편하게 다녀와."

"그래. 무슨 일 있으면 연락해."

언제까지 아침으로 라면만 먹을 수는 없었다. 나간 김에 장도
볼 생각이었다. 우산을 챙겨 문을 열었다. 30대로 보이는 남녀

가 202호 앞에서 서성였다.

"무슨 일이세요?"

남자가 말했다.

"여기 살았던 사람 가족입니다."

그러고 보니, 남녀가 202호 남자와 굉장히 닮아 보였다.

"202호 분은 좀 괜찮으세요?"

"아니요. 새벽에 죽었습니다. 영정사진이 필요해서 왔습니다."

"네?!"

등골이 오싹했다. 들것에 실려 갈 때만 해도 괜찮다고 생각했는데 사망했을 줄이야.

그들은 들어가지 않고 머뭇거렸다.

"그런데 왜 안 들어가시고……."

둘은 불안한 표정으로 서로를 봤다. 남자는 눈을 피한 채 한숨을 쉬었다. 여자가 갑자기 내 팔을 잡았다.

"저, 저기…… 부탁이 있어요."

"네?"

"죄송하지만 집에 들어가서 저희 오빠 핸드폰 좀 찾아주시면 안 돼요?"

이유 모를 불쾌함이 느껴졌다.

"왜, 왜요?"

여자는 팔을 더욱 세게 잡았다.

"이유는 묻지 마시고요."

무당들이 뛰쳐나온 일이 생각났다.

"어제 202호에서 무당이 굿을 했는데 그것과 연관되어 있나요?"

그들의 동공이 커졌다.

"제가 해드릴게요."

귀신을 믿는 사람들이 한심했다. 세상에 그런 게 있었으면 사람 죽인 놈들은 다 죽었다. 떵떵거리면서 잘만 사는데, 귀신은 무슨 얼어 죽을 귀신인가?

여자가 재빨리 현관문 번호를 누르려는데, 갑자기 우리 집에서 '쿵' 소리가 났다. 핸드폰이 울렸다. 형이었다.

"형? 무슨 일이야?"

"시원아, 설거지하다 넘어졌어."

그들보다 형이 더 급했다. 사과하고 재빨리 집에 들어갔다.

형은 부엌 바닥에 쓰러져 있었다.

"형, 어떻게 된 거야? 설거지는 왜 한 거야?"

"그냥 도움이 될까 하고."

"누가 형보고 이런 거 하래? 형, 어디가 아픈 거야? 병원부터 가자."

"아니, 괜찮아. 당황해서 그래."

형은 벌떡 일어나 아무렇지 않다는 듯 움직였다.

"으아아악!"

갑자기 202호에서 비명이 들렸다. 순식간에 우당탕탕 복도를 내려가는 소리가 났다. 베란다 문을 열어 빌라 앞을 확인했다. 둘은 빌라 입구에서 무언가를 보고 겁에 질린 표정이었다. 그들은 앞다투어 차에 탄 뒤 부리나케 빠져나갔다. 이상한 일이 연이어 일어나니 불쾌했다. 그러면서도 나 스스로 고집해서 왔기에 누구를 탓할 수도 없었다.

액땜이라 생각했다.

"형, 다녀올게."

문을 여는 순간 역한 냄새가 복도에 진동했다. 형이 말하던 냄새였을까? 코를 막은 채 내려갔다. 비를 피하려고 서둘러 뛰는데, 스틱으로 무언가를 치는 소리가 났다.

"탁, 탁, 탁."

그 사이에 형이 함께 따라 나왔을 리가 없었다.

시동을 걸면서 형에게 전화를 걸었다. 신호가 두 번 정도 울리고 나서야 받았다.

"무슨 일이야?"

"형, 혹시 나온 거 아니지?"

"나 집에 있는데?"

"알았어."

묘한 기분을 떨쳐낼 수 없었다. 형이 아니면 스틱 소리는 누구인가? 202호와 연관이 있는 걸까? 신경이 쓰였다.

천천히 핸들을 틀었다. 빌라 입구를 지나 우거진 나무들 사이를 벗어나고 있는데, 백미러에 이상한 것이 보였다. 빌라 입구 앞에 누군가 스틱을 들고 서 있었다. 차를 세우고 뒤를 봤다.

형인가? 형이라고 하기에는 자세가 구부정했고, 미세하게 덩치가 큰 느낌이었다. 반면에 오래 된 트레이닝복과 스틱을 보면 형 같았다. 다시 형에게 전화를 걸었다. 신호음이 한참 울려도 받지 않았다. 그는 보여주기라도 하듯 스틱으로 땅을 쳤다. 그리고 한쪽 다리를 절며 빌라 안으로 들어갔다.

오전부터 이상한 일에 휘말렸던 터라 가기 싫었다. 게다가 빗길의 고지대는 집중력을 시험하는 듯했다. 꾸역꾸역 중고제품 백화점에 가서 가구와 전자제품을 샀다. 형이 편하게 지냈으면 하는 마음에 중고라도 좋은 것만 선택했다.

"오늘은 비가 와서 배달은 안 되고요. 내일 비가 그친다고 하니까, 저희 사장님이랑 직원들이 오전에 배달해 드리겠습니다. 괜찮으시죠?"

"네. 부탁드리겠습니다."

마트로 향하던 중 방앗간 앞에서 차를 세웠다. 이사 떡을 돌리고 싶었다. 202호는 제외하더라도 같은 빌라에 사는 이웃에게 인사라도 하고 싶었다.

주차장에 못 보던 차가 있었다. 한 아주머니가 무언가 가득 담긴 상자를 힘들게 꺼내고 있었다. 도와주려고 차에서 내렸다.

"어이쿠, 고마워요. 욕심이 많아서 약초를 이렇게나 많이 캤네요. 201호에 새로 오신 분이죠? 반가워요. 오성애예요."

집주인이었다.

"반갑습니다. 안시원이라고 합니다."

"집은 어때요?"

"넓고 깨끗하던데요?"

"그렇죠? 그나저나 시원 씨. 얼굴 보니까 거무튀튀한 것이 최근에 스트레스를 많이 받나 보죠?"

"최근에 좀 그렇긴 합니다만……."

그녀가 내 목에 손을 대며 맥을 짚었다.

"몸이 뜨겁네. 좋지 않은 열이 배출되지 못하고 헛돌고 있어. 이러다가 나중에 어디 하나가 고장이 나요. 예를 들어 눈이 갑자기 안 보인다든지…… 내 말이 맞다니까? 이래 봬도 내가 이 바닥에서 좀 용해요."

그녀가 내게 눈이 보이지 않을 거라 했지만, 오히려 눈이 번쩍 뜨였다. 당장이라도 형을 데려와 오성애를 만나게 해주고 싶었지만 초면에 실례가 될 것 같아 그러지 못했다.

오성애는 가방에서 엄지손가락 크기의 병을 꺼내줬다.

"이거 한 번 먹어봐요. 이게 뭐냐면 마자인이란 열매로 만든 환이야. 먹으면 몸이 편안해지고 시원해지는 게 느껴질 거예요."

"귀한 걸 주셔서 감사합니다. 잠시만요, 저도 드릴 게 있어요."

떡을 건넸다.

"어휴, 뭘 이런 걸 다⋯⋯. 고마워요."

"그런데 저 궁금한 게 있는데요."

"뭔데요?"

"제가 301호 할아버지는 뵈었는데, 나머지 분들은 알지 못해서요. 그래도 같은 주민인데 모르면 안 될 것 같아서요."

"음⋯⋯. 101호는 우리 집이고, 102호는 젊은 남자가 사는데 통 얼굴 보기 힘들어요. 202호 아저씨는 집에서 잘 나오지 않아요. 이유는 모르겠는데 가끔 분리수거하다 마주치면 영 기분이 나쁘더라고. 301호는 할아버지랑 할머니 부부가 사는데, 딱하게도 손자가 가출을 했어. 302호는 여섯 살 공주랑 엄마가 사는데, 아랫집이 불쾌해서 친정에 간다나? 떡은 301호 할아버지랑 202호 아저씨한테만 주면 될 것 같아요."

고작 3층짜리 빌라인데, 어수선했지만 그녀의 설명에 시각장애를 가진 남자는 없었다. 내가 헛것을 본 것인가?

"아이고, 오 선생님 왔능교?"

3층 노인이 오성애의 두 손을 잡았다.

"할아버지. 허리는 좀 어때요?"

"비가 와가지고 허리고 관절이고 죽겠소. 약도 떨어지고 병원도 못가고 그래서 오 선생만 기다렸다 아이가? 도대체 어디 갔다가 이제 왔습니까?"

"섬에 갔다 왔어요. 요아도라고 상처에 좋은 나방이 있다고 해서……."

그녀가 차에서 진공된 비닐 팩을 꺼냈는데, 손바닥 크기의 나방들이 들어있었다.

"징그러브라."

"어르신. 요거를 빻아서 상처에 바르면 새살이 솔솔 돋아요."

"그렇소? 그런데 이 총각은 누군교?"

이사 올 때 서로 안면을 텄음에도 나를 알아보지 못했다.

"안녕하세요, 어르신. 201호로 이사 온 안시원입니다. 이거 드세요."

"아, 그래요? 고맙소. 그러고 보니 어디서 본 총각 같은데 우리 구면이오?"

"저번에 한 번 뵈었는데요? 인사도 하고……."

"아하, 그런가? 아무튼 반갑소!"

떡을 건네며 고개를 숙였는데, 다 늘어지고 얼룩진 삼각팬티만 입고 있었다. 그제야 301호 노인이 제정신이 아니란 걸 깨달았다.

오성애가 속삭였다.

"301호 할아버지가 정신이 좀 오락가락해요. 그거 알아요? 아무리 훌륭한 의술도 정신병은 못 고쳐요. 할아버지가 저러고 다니더라도 이해해주세요."

집으로 돌아오니 형은 자고 있었다. 많은 일이 있었던 아침인지라 피곤했다. 주머니에서 지갑과 차 키를 꺼내던 중 오성애가 준 환도 함께 나왔다. 얼마나 용하면 부동산 중개업자가 난리를 칠까? 환 하나를 꺼내 입에 털어 넣었다. 환이 혀에 닿는 순간 박하사탕처럼 상쾌했다. 신기하게도 온몸이 폭포수를 맞는 듯 시원했다. 휴지를 베개 삼아 거실에 누웠다. 바로 잠이 들 것 같았다.

눈을 떴다. 이토록 머리가 맑을 줄이야. 시계를 보니 저녁 7시를 가리켰다. 형이 저녁을 먹어야 된다는 사실에 벌떡 일어났다. 조심스레 방문을 여니, 형이 창문 앞에 서 있었다.

"형, 뭐해? 내가 자느라 식사를 못 챙겼네. 나가서 먹을까?"

"아니, 난 입맛이 없어. 배고프면 너나 먹어."

"혹시 화난 건 아니지?"

"응."

"그래. 그럼 나 혼자 먹고 올게. 혼자 있을 수 있겠지?"

주차장으로 가는데, 나무들 틈으로 누군가 걷고 있었다.

"탁, 탁, 타다닥……."

스틱 소리였다.

아무리 생각해도 형을 제외한 맹인은 없었다. 근처에 사는 사람이라고 하기에는 송장 빌라까지 올라올 이유가 없었다. 101호의 고객일지도 모른단 생각도 들었지만 가파른 길을 맹인 혼자 올라온다는 건 어린아이가 혼자 서울까지 가는 것과 같은 이치라 생각했다. 무엇보다 그가 걷는 길은 내려가는 길이 아니라 빽빽한 나무들만 있는 곳이었다. 도대체 누구일까? 그의 뒤를 밟았다.

가까이 갈수록 뒷모습이 낯익었다. 어두워 잘 보이지 않았지만 영락없는 형이었다. 그는 으슥하고 컴컴한 곳으로 들어갔다. 여기저기 스틱으로 꼼꼼하게 두드렸다. 덕분에 험한 길에도 중심을 잃지 않았다.

어느 순간, 근처에서 새끼 고양이들의 울음소리가 들렸다. 그를 따라갈수록 그 소리는 더욱 커졌다.

"으ㅎㅎㅎ. 여기 있다."

유독 고양이 한 마리의 울음소리가 커졌다. 어떤 상황인지 궁금했다. 어차피 맹인이라면 핸드폰 조명을 켜도 될 것 같았다. 핸드폰 조명을 켰다. 그가 고양이를 들어 올린 채 서 있었다.

나는 내 눈을 의심했다. 뒷모습이 영락없는 형이었기 때문이다.

"형? 형이야? 형. 거기서 뭐하는 거야?"

"으ㅎㅎㅎ."

기분 나쁜 웃음소리만 들렸다. 그 목소리는 형이 아니었다. 형이 아닌가? 너무 혼란스러웠다. 그가 돌아보기만 기다렸다.

고양이는 서럽게 울었다. 고양이를 잡아먹을 것 같은 불쾌한 생각들이 머리를 떠나지 않았다. 다리 사이로 침이 흥건히 떨어졌기 때문이다.

"어이 201호 총각, 거기서 뭐해요?"

깜짝 놀라 뒤를 돌았다. 오성애였다.

"저…… 저기……."

오성애게 괴인을 보여주려고 손짓했지만 아무도 없었다. 핸드폰 조명을 샅샅이 비췄지만 소용없었다. 귀신이 곡할 노릇이었다. 오성애가 걱정스런 눈빛으로 다가왔다.

"무슨 일이야? 수상한 사람이라도 봤어?"

"네. 혹시 빌라에 시각장애인이 사나요?"

"아니요. 총각 형님이 시각장애인 아닌가요?"

"저희 형 말고요."

"없어요."

찝찝했다. 헛것을 보았단 말인가? 그가 형일지도 모른단 생각에 혼란스러웠다.

"못 볼 거라도 본 것처럼 혈색이 좋지 않네요. 우리 집에 들어가겠어요?"

"실례가 될 것 같아서요."

"이웃끼리 무슨 실례야. 이왕 이렇게 된 거 우리 집에서 저녁 먹는 게 어때요? 형님도 내려오라고 하고."

갑자기 등이 따끔했는데, 어지러웠다.

"201호 총각, 왜 그래? 어디 아파?"

"어지럽네요."

그녀가 내 손목을 잡아 맥을 짚었다.

"맥이 불안정하고 기가 원활하지 못한 것 같아요. 내가 준 마자인 잘 먹고 있죠? 자기 전에 꼭 챙겨 먹어요."

"안 그래도 그럴 생각이었어요. 효과가 좋더라고요."

"일단 우리 집에 갑시다."

현관문을 열자 한약 냄새가 코를 찔렀다. 집안에는 온갖 이름 모를 약초들이 걸려있고, 지네며 곤충 같은 것들도 널려 있었다.

벽에는 인체도가 있었는데, 한자로 혈 자리 위치가 적혀있었다. 책은 또 왜 그렇게 많은지······.

"그만 구경하고 앉아요. 원래부터 아픈 건 아닌 것 같고 일시적으로 찾아온 것 같은데 말이야. 최근에 신경 쓰는 일이 있었나 보네요."

"그게······."

"편하게 말해봐요."

"형이 최근 시력을 잃어서 형을 책임지려다 보니 저도 모르게 신경을 썼나 봐요."

"집에 아픈 사람이 있다는 것은 정말 힘든 일이죠. 저도 아들이 아팠던 터라 잘 압니다."

"아드님이 아팠나요?"

그녀의 아들이 자살 시도로 죽다 살아난 걸 알면서도 시치미를 뗐다.

그녀는 대답하지 않았다. 냉장고에서 시커먼 덩어리를 꺼내 주전자에 넣은 후, 물이 끓자 컵에 따랐다.

"민들레 차예요. 속이 편안해지면서 안정이 될 거예요."

괜한 것을 물었다는 기분에 차만 홀쩍 마시고 있는데, 그녀가 한숨을 쉬었다.

"후우. 정말 큰일 날 뻔했지. 하나 밖에 없는 아들을 잃을 뻔했어."

"무슨 일이 있었나요?"

"있었지요. 학교에서 따돌림을 당하고 있을 줄 누가 알았겠어. 부모가 돼서 아들내미가 어떤 심정인지도 모르고 살았어요. 울면서 나를 찾아왔던 날, 그 말은 하지 말았어야 했는데……."

"무슨 말이요?"

"그땐 아들이 죽은 남편을 닮아 정신력이 약한 것 같아서 강하게 키우고 싶은 마음에 험한 세상 마음 약하게 먹지 말라고 했어요. 그리고 다음 날, 학교 옥상 6층에서 뛰어내렸어요."

부동산 중개업자에게 들은 내용이라 크게 놀라지는 않았지만, 그녀의 상기된 표정이 왠지 모르게 두려웠다.

"많이 다쳤……나……요?"

"죽지는 않았지만 팔다리가 부러지고 모든 장기가 터졌죠. 병원에서는 살릴 수 없다고 포기하라고 했어요."

다음에 나올 이야기도 알고 있었지만 아들을 어떻게 살렸는지 궁금했다.

"그래서 어떻게 하셨어요?"

"아들을 집으로 데려왔어요. 숨이 멎었더라고요. 포기할 수 없었어요. 지푸라기라도 잡는 심정으로 〈동의보감〉이나 고전 문헌에 나온 방법을 썼어요. 어떤 방법인지는 업계 비밀이어서 가르쳐드릴 수는 없고요. 아무튼 우리 아들 지금은 건강하답니다."

그녀의 웃는 모습에 안심이 됐다.

"저 혹시 시력을 잃은 것도 고칠 수 있나요?"

"물론이죠. 내가 총각 형님은 본 적 없지만, 총각을 보니 스트레스에 약한 것 같아요. 형님도 화가 빠져나가지 못해 눈에 모여서 시력을 잃은 것 같은데, 아닌가요? 내일 형님 모시고 오세요. 형님은 지금 집에 혼자 계시나요?"

"네."

"최근에 시력을 잃은 거라면 움직이기 불편하겠어요."

"아무래도 불편하겠지만 생각보다 적응을 잘하는 것 같아요. 화장실도 혼자 가고, 샤워도 혼자 하고요. 산책도 하는 것 같고……."

"그래도 동생 없으면 불편해서 못 살겠다."

"뭐 그렇겠죠?"

"아 참, 식사나 하고 가요."

그녀가 다시 일어나 부엌으로 가려는데 벨이 울렸다.

"누구세요?"

"저…… 윗집입니다."

형 목소리였다. 그녀가 문을 열었다.

"실례지만 제 동생이 이곳에 있나요?"

나는 뛰쳐나갔다.

"형, 여기에 있는 걸 어떻게 알았어?"

"나 배고파. 빨리 집에 가서 밥 줘."

형은 어린애처럼 말하곤 무턱대고 올라가 버렸다. 당황한 나도 형을 따라나섰다.

"죄송합니다. 오늘은 이만 올라가 보겠습니다!"

급히 계단을 올라가는데 이상한 생각이 들었다. 형은 스틱도 없이 어떻게 계단을 오르는 걸까? 비밀번호도 단숨에 눌러 현관문을 열었다.

"시원아, 빨리 와!"

"어, 그래."

집에 들어오자 형은 방으로 들어갔다. 좀 전까지만 해도 배고프다던 형은 없고 평소처럼 무미건조하게 방구석에 앉았다.

"갑자기 입맛이 없다. 쉬어."

만약 아프지 않았더라면 변덕이 심하다며 화를 냈겠지만 그럴 수 있다고 생각했다. 앞으로 형에게 더욱 따뜻하게 대해야겠다고 생각했다.

"저기, 형."

"응."

"내일 아랫집에 같이 갈래?"

"왜?"

"아랫집 아주머니가 말이야. 상당히 용한 한의사래."

"한의사?"

"아니, 정식 한의사는 아니고. 민간요법 같은 쪽으로 굉장히 용한가 봐. 형 시력도 돌아오게 할 수 있을지도 몰라."

"시원아. 그게 말이 되니?"

"형. 한 번만 가보자. 나는 형 시력만 돌아온다면 뭐든 하고 싶어."

형은 크게 한숨을 쉬었다.

"시원아, 정말 미안한데 우리 다른 곳으로 이사 가는 게 어때?"

그 말에 갑자기 화가 치밀어 올랐다.

"그게 무슨 소리야?"

"이 집 너무 불편해."

"어디가 불편해? 아직 가구가 안 들어와서 그런 거야. 내일 가구랑 가전제품 들어와. 이 가격에 이렇게 넓은 집에 못 산다니까? 우리가 교통이 좋은 곳에 살 필요는 없잖아."

"그런 뜻이 아니야. 이 집이 너무 이상하다고……."

형의 말에 동의하지만 집을 옮길 정도는 아니었다.

"어디가 이상한데? 형이 뭘 봤어? 보이지도 않으면서."

화를 낼수록 가슴이 답답하고 피곤했다. 오성애가 준 약이 필요했다. 분명 부엌에 뒀는데 사라졌다.

"형, 여기 있는 약 못 봤어? 작은 유리병에 든……"

형이 고개를 저었는데, 이상하게 형이 버린 것만 같았다.

오성애의 말처럼 스트레스 때문일까? 갈수록 컨디션이 좋지 않았다. 10분만 더 자려는데 전화벨이 요란하게 울렸다.

"여보세요?"

"중고물품 백화점입니다. 30분 뒤에 가구와 가전제품이 도착합니다."

"네? 이렇게 빨리 오실 줄은 몰랐습니다."

"송장 빌라 201호 확실히 맞지예?"

"네."

거실로 나가니 형이 바닥에 엎드리고 있었다.

"뭐해?"

"그냥 있지."

"가구랑 가전제품 온대."

"그래. 나 산책 좀 하고 올게."

"혼자서 나가겠다고?"

"응. 집 근처도 적응하고 말이야."

"아니, 어제는 이사 가자고 난리쳤으면서……."

이사 가자는 말보다 낫다고 생각했다.

형을 배웅하려고 문을 열었는데, 202호에서 짐을 빼고 있었다. 빌라 출입구 앞에 202호의 형제라던 남자가 서 있었다.

문득 그들이 도망치듯 빌라를 빠져나간 일이 떠올랐다. 도대체 무엇을 보았기에 그런 것인지 묻고 싶었다.

"안녕하세요. 짐 빼시나 봐요."

"네. 아무래도 사는 사람이 없으니까요."

"실례지만 뭐 하나 여쭤봐도 될까요?"

"네."

"저번에 무얼 보고 도망치듯 나가셨어요?"

남자의 미간이 좁아졌다.

"저희를 보…… 보셨나요?"

"네. 급하게 나가시는 것만……."

그날을 기억하고 싶지 않은 듯 남자는 고개를 저었다.

"저희 형이 이곳에 이사 온 뒤에 수차례 전화가 왔었습니다. 사실, 형이 성범죄를 저질렀던 터라 여러 번 무시했습니다. 상종도 하기 싫었거든요. 전화를 받지 않으니, 문자가 엄청나게 오더군요. 돈 부쳐 달라는 내용인 줄 알았는데 전부 귀신을 봤다는 내용들이었습니다."

"귀신이요?"

"네. 부엌 옆에 있는 방에서 엄마와 여자아이 귀신이 나온다며 무당을 불러달라고 하더군요."

"엄마와 여자아이요?"

기묘하게 302호에 사는 모녀가 떠올랐다.

"밤마다 모녀가 바닥에서부터 머리를 내밀며 기어온다고요."

"그래서 선생님도 202호에서 그걸 보고 도망치신 건가요?"

"아니요. 그날 저희가 본 건…… 다른 귀신이었습니다. 온몸이 새카맣고 징그러운 귀신이요. 형의 핸드폰을 찾고 현관에서 나오는데, 3층과 2층 사이에 있는 계단에서 우릴 보며 웃고 있었습니다. 걸쭉한 침을 흘리더니 갑자기 우릴 향해 달려들더라고요."

형일지도 모른다고 생각했던 그가 떠올랐다. 결과적으로 그는 형이 아니었다. 그날 형은 부엌에서 설거지를 하다 넘어졌기 때문이다. 그렇다면 그는 누구인가? 나도 모르게 송장 빌라에 무언가가 존재하고 있다는 생각이 들었다. 그게 사람인지 귀신인지 모르겠지만.

"저 실례지만, 짐 빼신 후에 202호를 좀 둘러볼 수 있을까요? 귀신이 나왔다는 방이 궁금해서요."

"그러세요. 어차피 빈집일 텐데요. 비밀번호가 참으로 쉽습니다. 4444666666입니다. 4 네 번, 6 여섯 번!"

때마침 빌라로 들어오는 길에 가구와 가전제품을 실은 트럭이

오고 있었다. 나는 그들에게 빌라 앞까지 들어오라고 손짓했다.

"가는 날이 장날이라고 옆집에서 짐을 빼는 날이라고 하네요."

중고물품 가게 사장이 내린 뒤 빌라를 한 번 보더니 웃어댔다.

"총각, 요 삽니까?"

"이곳을 아세요?"

"여기 말입니다. 유명한 의원이 산다 아입니까? 빌라 이름이 낯이 익는다 싶었습니다. 의원이 사는 집이 여기 1층 맞지예?"

"네. 맞습니다."

"10년 전에 우리 딸내미가 여기서 알레르기 고쳤다 아입니까? 지금은 모르겠는데 그때만 해도 여기에 사람이 버글버글했습니더."

"그렇게 유명했나요? 저도 소문으로만 들어서요."

"진짜 돈 많이 벌었을 끼라예. 확실하게 고쳐주는 대신에 돈 많이 줘야 합니다. 저도 긴가민가했지만 대학병원이고 유명한 병원이고 아무도 못 고친 걸 여기서 고쳤습니다. 우리 딸이 겨울만 되면 피부가 벗겨지고 벌건 반점이 나가지고 고생했는데, 이제는 겨울만 되면 스키 타러 간다고 정신 없습니데이. 허허허."

그나마 위안이 되었다. 그의 말을 듣다 보니 오성애가 형의 눈도 고칠 수 있을 것 같은 예감이 들었다.

갑자기 허전한 기분이 들었다. 혼자 산책한다던 형이 보이지 않았다. 아무리 봐도 형의 모습은 보이지 않았다. 정신이 혼미했다. 집에도 올라가 보고 빌라 주위를 둘러봤지만 형은 없었다.

"형, 어디에 있어!"

순간 앞이 캄캄했다. 아무리 불러도 형은 대답하지 않았다. 나무들이 둘러싸인 곳에 갔더니, 형이 주변을 살피며 냄새를 맡고 있었다. 당장 형에게 달려갔다. 굉장히 낯익은 곳이었다. 형과 닮은 사람이 새끼 고양이를 집었던 장소였다. 기이하게도 형의 뒷모습이 그와 닮아 겹쳐보였다. 형은 오지 말라며 손짓했다.

"왜?"

"오지 마. 여기 동물 사체 썩는 냄새가 진동해."

형의 말을 들을 내가 아니었다.

"윽, 뭐야?"

새끼 고양이 세 마리가 머리만 남아 있었다.

"도대체 누가 이랬을까?"

형은 계속해서 냄새를 맡았다.

"이사 첫날에 맡은 악취가 나. 그때보다 심한 것 같은데 너는 못 느끼니?"

전혀 알 수 없었다. 다만 한 가지 안심이 되었던 건 그가 형이 아니라는 사실이다.

"형, 이제 들어가자. 가구랑 가전제품 왔어."

"그래. 일단 일부터 끝내고 이야기하자."

거실에는 소파와 텔레비전을 놓았고 각자 침실에 침대도 들어왔다. 부엌에는 밥솥을 놓았고, 작업실에도 책상이 들어왔다. 비로소 내가 바라던 집처럼 보였다.

"이대로 아무 일 없이 편안하게 살았으면 좋겠다."

형이 바닥에 엎드린 채 말했다.

"왜 무슨 일이 일어날 것 같아?"

"글쎄. 이상하게 무서운 일이 생길 것 같은데 왜일까?"

"미래에 대한 확신이 없기 때문이지. 앞으로 무슨 일이 벌어질지 모른다는 두려움 같은 거…….."

"형, 아무래도 우리 이사…….."

"띵~동."

현관문 벨소리가 울렸다.

인터폰 화면에 오성애가 얼굴을 내밀고 있었다. 재빨리 문을 열었다.

"안녕하세요. 여사님."

"가구들이 들어오는 것 같아서 구경 왔어요. 안녕하세요."

오성애가 형에게 인사하자, 형이 자세를 틀어 고개를 끄덕였다.

"형님분, 시원 씨에게 말씀 많이 들었어요."

"네."

"어느 날 갑자기 시력을 잃으셨다고요. 실례지만 제가 맥 한 번 짚어도 될까요?"

형은 불쾌한 표정을 지었다.

"꼭 지금 해야 하나요?"

"네. 조금 있다가 제가 볼 일이 있어서요. 아마도 꽤 오랫동안 자리를 비울 것 같아서요."

그녀는 대뜸 형의 팔목을 잡고 진맥을 하더니 당황해했다.

"어머, 이 집 남자들은 공통적으로 화가 많으신가 봐요. 맥이 엄청 빠르게 뛰고 불규칙적이네요. 이번에는 눈을 좀 볼 수 있을까요?"

그녀가 한 손으로 형의 머리를 움켜잡고 눈의 이곳저곳을 보더니 고개를 끄덕였다.

"음······. 전형적인 화병 같은데요? 쉽게 말해서 모든 스트레스들이 분출되지 못하고 눈으로 몰린 것 같아요. 지금 진행이 꽤 된 것 같은데 일단 침 좀 놓을게요. 혈이 통하도록 하는 게 가장 중요하니까요."

형이 거부했지만 이미 침 하나가 목 주변에 꽂혔다. 형의 표정이 사납게 변했다.

"형. 제발, 참아."

오성애는 형의 눈 주위와 머리, 얼굴에 수십 개의 침을 놓았다.

"일단 됐어요. 이러고 30분 정도 편하게 앉아서 기다리고 있어요. 나는 눈에 좋은 약재를 가져올게요."

그녀가 자리를 떴다. 나는 형의 시력만 돌아온다면 바랄 것이 없었다. 다른 사람들 말처럼 그녀가 못 고치는 병이 없는 이 시대의 화타 같은 사람이길 바랐다.

"저, 저기…… 시원아."

"왜?"

"아까 저 아줌마 오기 전에 할 말이 있다는 게 뭐야?"

"아무것도 아니야."

"그래? 그러면 내가 너한테 할 말이 있는데, 들어볼래?"

"뭔데?"

형은 한숨을 크게 내쉬었다.

"우리가 이 집에 온 지도 3일이 넘었잖아?"

"그런데?"

"너는 잘 모르겠지만 이곳에 이사를 올 때부터 이상한 점이 많았다."

"어떤?"

"이 빌라에 나 말고도 눈이 보이지 않는 사람이 있니?"

형의 말에 등골이 싸늘했다.

"어, 없어."

"전에 내가 악취가 난다는 말 기억하니?"

"기억해."

"악취가 날 때면 집 근처에서 스틱 소리가 나는 거야. 나와 똑같은 재질의 스틱이라 잘 알아. 정말 이상하잖아. 비 오는 날, 맹인이 몇 시간이나 돌아다닌다는 게 말이 안 되잖아."

형이 그런 말을 하니, 온몸에 소름이 돋았다.

"사실. 형이 말한 사람 내가 먼저 봤어. 나도 스틱 소리를 들었고……. 처음에는 형이라고 생각했어. 형이랑 뒷모습이 너무 똑같았거든."

"내가 그럴 리가 있나. 이곳 정말 이상해. 오자마자 옆집에 사람이 죽지 않나. 여섯 가구 중에 사람이 제대로 사는 집은 우리 집밖에 없어."

"무슨 말이야? 101호에 집주인도 살고 301호에 할아버지랑 할머니 사셔. 102호도 사람이 살고……"

"무슨 소리야. 301호는 정신이 오락가락하는 노인만 살지 않냐? 이곳에 있으면서 할머니나 다른 사람의 소리는 들어본 적도 없어. 그리고 102호에는 냉동고 같은 기계 돌아가는 소리만 들리더라. 101호가 제일 이상해. 그렇게 유명한 집인데 지금은 왜 찾아오는 사람이 없어?"

형의 말을 반박하려 해도 틀린 게 하나 없어서 넋 놓고 있었다.

"혀, 형이 어떻게 알아?"

"눈이 안 보이면 종일 귀가 열려 있으니까."

그러고 보니 할아버지는 본 적이 있어도 할머니를 본 적은 없다. 102호는 물론이고 302호도. 형의 말이 사실일지도 모른다는 생각이 들었다.

"그리고 시원아, 오늘에서야 확신을 갖고 말하는 건데……."

"뭔데?"

"1층 아줌마한테서 미묘하게 악취가 나. 스틱 소리가 날 때마다 진동하는 악취. 이상하다고 생각했는데, 그래서 아줌마가 너한테 준 약도 버렸는데……."

"뭐?"

뭔가 큰일에 휘말린 기분이었다.

"시원아, 이상하다. 아무래도 우리가 덫에 걸린 것 같아."

형의 말에 진땀이 났다.

"그, 그게 무슨 말이야?"

"나…… 나, 모…… 몸이 움직여지지 않아."

"그…… 그건…… 침을 맞아서 그런 거 아니야?"

"침을 맞았다고 움직이지도 못하는 게 말이 돼?"

형의 안색이 점점 창백해졌다.

"형, 도대체 왜 그래?"

"시, 시원아. 도망쳐. 빨리 도망쳐."

무언가 잘못되었단 느낌이 들었다. 밖으로 나가 도움을 청하려는데 101호 현관문이 닫히는 소리가 났다. 그녀가 계단을 오르는 소리에 귀를 기울였다.

"챙그랑!"

1층과 2층 사이쯤에서 금속이 떨어지는 소리가 났는데, 칼일지도 모른다는 생각이 들었다.

"이런 씨발……."

그녀의 욕을 듣는 순간 형을 데리고 탈출해야겠다는 생각이 들었다.

"형! 어떻게 해야 돼?"

형은 의식을 잃어 아무 말도 하지 않았다. 경찰에 신고하려는데, 그녀가 문을 세게 두드렸다.

"총각, 나예요. 문 좀 열어줘요."

인터폰을 켰다. 오성애는 다정한 표정을 지었다.

"저…… 여사님. 오늘은 이만 가주시면 안 될까요? 갑자기 형이 피곤하다고 해서요."

인터폰 속 오성애의 표정이 광기 어린 표정으로 변했다.

"총각, 이게 무슨 경우야? 눈치챈 거야? 흐흐흐흐. 혹시 그거 알아? 침 그거 5분 안에 안 빼면 너희 형 죽어. 흐흐흐. 지금쯤 의식을 잃은 거 아냐? 형 살리고 싶으면 당장 열어!"

형의 낯빛이 시퍼렇게 변했고 입에서는 거품이 나왔다. 형을 살리는 게 우선이었다. 현관문을 열었다. 아니나 다를까, 오성애는 칼을 쥐고 겨누었다.

"당장 핸드폰부터 내놔!"

일이 더욱 어렵게 됐다. 핸드폰을 건네며 형을 살려달라고 했다.

"알았으니까 얌전히 앉아 있어. 개수작 부리면 너희 형 콱 죽여 버릴 거야."

그녀가 형에게 다가가 얼굴에 놓인 침 몇 개와 목에 놓인 침을 제거하자 형이 격하게 숨을 쉬었다. 신기하게도 혈색도 금세 돌아왔다.

"이제 너희 형을 살렸으니 너도 부탁을 들어줘야지?"

"뭐…… 뭔데요?"

"내가 저번에 준 약 어디에 있어?"

형이 버렸다고 할 수 없었다.

"잃어버렸어요."

"이런 씨발, 어쩐지 너무 멀쩡하다고 했어."

그녀의 말에 온몸이 굳어버렸다. 도대체 오성애는 우리를 어떻게 하려는 걸까?

"에휴, 어쩔 수 없지."

그녀가 주머니에서 마자인을 꺼내 건네려던 찰나, 형이 눈을 부릅뜬 채 오성애의 팔을 부여잡았다.

"이 자식이?"

형이 다급하게 소리쳤다.

"시원아, 빨리 도망쳐!"

"어디 도망가기만 해봐. 너희 형 죽는 거야."

"난 상관없으니 도망쳐!"

어떻게 해야 할지 판단이 서질 않았다. 생각보다 오성애의 힘은 엄청났다. 형이 버거워할 정도였다. 여차하다가 형이 그녀에게 죽을 것만 같았다.

"시원아, 내 걱정은 하지 마. 이 여자가 노리는 건 너야."

"형, 내가 반드시 데리러 올게. 어떻게든 살아 있어야 해."

현관문을 박차고 뛰쳐나갔다. 다급하게 차에 탄 후 시동을 걸었다. 어떻게 된 일인지 시동이 걸리지 않았다. 시동을 걸면 걸수록 보닛에서 연기가 났다. 뛰어가는 방법밖에 없었다. 차 문을 열고 내리려는 순간, 엄청나게 강력한 냄새가 코를 덮치며 정신을 잃었다.

눈을 떴다. 처음 보는 누런색 천장이었다. 여기가 어디쯤인지 고개를 돌리는데 301호 노인이 보였다.

"일어났소? 주차장에 기절해 있기에 집에 데려왔소."

정신 나간 노인 집에 있다는 사실에 놀라 소리를 지를 뻔했다. 노인은 잽싸게 다가와 나의 입을 막았다.

"조용하소. 101호가 들으면 당장 올라 올 거요."

노인의 눈빛이 사뭇 진지했다.

그가 나에게 따뜻한 차를 건넸다.

"미안하지만 총각이 겪은 일을 나한테 설명해줄 수 있겠소?"

오성애가 갑자기 돌변해서 우리 형제를 해치려던 이야기를
해주니 노인의 표정이 굳어졌다.

"역시 101호가 수상했어."

"지금 당장 신고해야 합니다."

"미안하지만 오래전부터 우리 집에 전화기는 없소. 손자가 사
라지고 장난 전화만 잔뜩 와서 내가 없앴소. 총각은 101호가 와
그러는지 알겠소?"

"글쎄요."

"모르오? 나도 당신들 오기 전까지는 몰랐는데, 이제는 좀 알
겠소. 세상 참 무서운 거요. 무서워."

그는 한참 동안 창밖을 응시하더니 한숨을 내쉬었다.

"어르신, 도대체 무엇을 알겠다는 건지……"

"내 손자의 행방 말이오."

"제가 듣기로는 가출했다고 들었습니다."

"가출은 무슨. 가가 그럴 리가 없소. 즈그 할매, 할배밖에 모
르는 효자가 어딜 가겠소."

"그러면요?"

"101호 짓이 틀림없소."

"어르신께서는 1층 여자와 친분이 있지 않습니까?"

"아니오. 손자 찾으려고 얼빠진 척하는 거지."

형의 말대로 301호에는 할머니가 없었다.

"실례지만 어르신께서는 부인과 함께 사시지 않으세요?"

그의 표정이 사납게 변했다.

"아내랑 사는 척했지요. 그래야 혼자 사는 노인이 정신이 더 나간 것처럼 보이니까. 아내는 손자 그리워하다가 3년 전에 세상을 떠났습니다. 장례도 못 치르고 저기 집 뒤에 나무들 많은 데 묻어줬습니다. 내가 정신이 나간 척해서 101호의 눈을 피해야 손자의 행방을 찾을 거 아닙니까."

"어르신 말씀은 101호가 손자를 해쳤단 말씀이신가요?"

"그렇소. 당시에 손자가 뭘 잘못 먹었는지 탈이 났소. 아프면 병원에 가지 않고 101호에서 침을 맞거나 약을 받았기에 그날도 아내가 손자를 데리고 방문했소. 그런데 하필이면 101호 아들이 자살을 해서 사경을 헤매고 있는 거 아니겠소. 병원에서도 못 살리는 아들을 살리겠다며 정신이 없었소. 아내가 손자를 데리고 병원에 가려는데, 101호 여자가 가지 말라고 했다는 거요. 손자 상태를 보더니 약을 지어주면서, 그 약을 먹고 30분 뒤에 내려오라고 했다는 군요. 101호가 시킨 대로 했는데, 이후 손자를 볼 수 없었소. 101호는 손자가 오지 않았다고 하는데 미치겠소."

"그렇다는 건……."

노인이 헛웃음을 쳤다.

"허허허. 당연히 101호가 손자를 데려간 거 아니겠소?"

"왜 데려갔다고 생각하세요?"

"즈그 아들을 살리려고…… 어떻게 살리는지 모르겠지만 그 날, 손자가 사라지던 날 101호 아들이 살아났소."

노인의 말은 물증이 될 수 없었다.

"확실한 증거가 있나요?"

노인의 얼굴이 상기됐다. 그날의 기억이 고통스러운 듯 손을 떨었다.

"이, 있소. 손자가 사라진 지 한 달이 넘었소. 101호 아들이 회복되어 돌아다니는 걸 봤다고 아내가 떨면서 말했던 게 생생하게 기억나오. 아, 아내가 울면서 하는 말이 101호 아들의 손과 발이 손자의 것 같다고 했소."

가슴이 철렁 내려앉는 기분이었다.

"조, 조금 더 자세히 말씀해 주시겠어요? 그걸 어떻게 알 수 있나요?"

"우리 손자가 중학교에 다닐 때 지 버린 부모를 평생 기억하 겠다고 팔에 문신을 새겼던 적이 있소. 그런데 101호 아들의 팔 에 손자랑 똑같은 문신이 있다는 거였소. 아내는 팔과 다리뿐만 아니라 손과 발이 손자의 것과 같다고 확인해보라고 했는데, 그 때는 말도 안 되는 소리라며 짜증을 냈소. 다음 날 혹시 하는 마음에 101호 아들을 보려고 했지만 볼 수 없었소. 아내가 죽던 날 나타났는데 문신은커녕 앙상하고 새하얀 다리였소."

정신이 아찔했다. 형을 닮은 그가 오성애의 아들이라면? 말이 되면 안 되는 일인데 오성애라면 가능할 것 같았다. 형이 위험했다.

"그 여자가 형을 해칠 겁니다."

노인은 고개를 저었다.

"진정 하이소. 내 예상이 맞는다면 죽이지는 않았을 거요."

"왜죠?"

"최근에 101호 아들을 보았소. 악취가 심하게 나더군요. 아마도 장기가 모두 썩었을 거요. 어느 날부터는 눈도 보이지 않는지 맹인처럼 지팡이를 짚고 다니고……. 그 말은 교체할 때가 왔다는 거 아니겠소? 물론 내 같은 늙은이를 살려둔 건 쓸 때가 없으니까……."

노인의 말이 맞길 바랐다.

"어르신, 저는 형을 찾고 진실을 알아야겠습니다. 어르신께서는 문단속 잘 하시고, 집에 계세요."

여기까지 이사 오자고 한 내가 한심했다. 일이 이렇게 된 것은 모두 내 탓이다. 누군가를 책임지는 일이 이토록 어려운 일인지 비로소 깨달았다. 위협적인 상황이 올 것 같아 노인의 집에서 칼을 빌려 나왔다. 먼저 우리 집으로 향했다. 현관문이 열려 있었지만 아무도 없었다. 언제 오성애와 마주칠지 모르는 일이었다. 그녀는 내가 빌라 밖으로 나가는 걸 허락할 리 없다. 어떤 계략을 써서라도 나를 잡을 것이다. 몸을 숨기며 기회를 엿봐야 했다.

문득 202호가 비었단 사실이 떠올랐다. 비밀번호도 알고있었기 때문에 그곳은 몸을 숨기기 적합했다. 202호 현관문 앞에서 번호 누르는 소리가 복도에 작게 울리도록 최대한 천천히 눌렀다.

"띠리리!"

문이 열리자 재빨리 몸을 숨겼다. 202호에는 아무것도 없었다. 앞으로 어떻게 해야 할지 대책이 서지 않는 마당에 답답했다. 한참 동안 창밖을 보고 있는데 아래에서 스틱 소리가 났다.

"동열아, 너 또 나가서 고양이 잡아먹으려고 그러지?"

오성애가 아들을 따라 나왔다.

"으ㅎㅎㅎ."

"엄마가 육식하면 네 몸이 썩는다고 몇 번이나 말했어? 302호 꼬마를 먹고 난 후부터 몸이 썩고 있잖아? 너 때문에 시신도 보관하기 힘들어. 벌써 몇 번째니? 102호 냉동고가 비좁아. 아들, 제발 엄마 말 좀 들어. 요즘에는 젊은 놈들 구하기도 힘들어서 여차하면 장기 밀매하는 것들을 찾아야 해."

"흐흐흐. 하지만 고기가 너무 먹고 싶은 걸?"

302호 꼬마가 오성애의 아들에게 당했다는 말에 귀를 의심했다.

오성애는 아들이 못 나가도록 스틱을 뺏었다.

"어휴, 앞도 안 보이면서……. 조금만 기다려 엄마가 곧 보이게 해줄게. 일단 너는 집에 들어가 있어. 그놈도 너처럼 앞이 안 보여서 도망칠 수도 없겠지만."

형이 101호에 있다는 걸 알게 됐다. 당장이라도 내려가서 구하고 싶었다. 그때 오성애가 계단을 올라오는 소리가 들렸다. 조심스레 202호 인터폰 화면을 켰다. 낫을 들고 퀭한 눈으로 주위를 살피던 그녀는 우리 집으로 들어갔다. 아무리 봐도 나를 찾는 것 같았다.

"이 염병할 놈이 어디로 갔나? 야, 나와. 너희 형 죽여 버릴 거야? 이놈이 어디로 갔지?"

잠시 후 그녀가 우리 집 현관 앞에서 주위를 살피더니 202호 문 앞으로 서서히 걸어왔다. 화면 속 그녀는 악마였다. 오성애는 천천히 현관문 비밀번호를 눌렀다.

"삐, 삐, 삐, 삐, 삐."

그녀도 202호 비밀번호를 아는 걸까? 나는 버튼 누르는 소리에 천천히 뒷걸음질쳤다. 행여 비밀번호를 모르더라도 쉬운 번호였기 때문에 우연이라도 문이 열릴까 무서웠다.

"삐삐삐삐삐."

경고음이 울렸다.

"에잇 쌍, 안 열리네. 설마 여기로 들어간 건 아니겠지? 3층 영감이 숨겨준 건가?"

그녀가 3층으로 올라가자 가슴을 쓸어내렸다. 3층으로 올라가면 101호로 돌진해서 문을 잠가 버릴까? 어림없고 무모했다. 한참을 고민하고 있는데 이상한 소리가 났다.

"허억…… 허어억…… 흐어어억……."

천식에 걸린 듯 거친 숨소리였다. 뒤를 돌아보니 부엌 옆에 있는 방에서 무언가가 천천히 바닥을 기어 오는 것 같았다. 캄캄한 어둠 속에서 새하얀 얼굴 둘이 보였다.

얼핏 들은 적이 있다. 사람은 어둠 속에서 모습이 보이지 않지만, 귀신은 또렷하게 보인다고 말이다. 그 말이 사실일 줄이야. 나와 눈이 마주친 그들은 빠르게 기어 나왔다. 도망갈 틈도 없이 순식간에 그들이 코앞까지 왔다. 302호 모녀였다.

"원통합니더, 너무나 원통합니더."

여자가 피를 토하며 내게 달려들었다. 겁이 났지만 정신을 잃지 않으려 노력했다.

"왜, 왜 그러십니까?"

"102호, 102호, 으허허헉."

"102호가 뭐요?"

아이가 내 팔을 잡아당겼다. 아이의 목에는 물어뜯긴 자국이 있었는데 오성애의 아들에게 처참하게 당했다는 걸 알 수 있었다. 어느 틈에 여자와 아이는 내게 따라오라고 손짓했다. 자신들이 나온 방이었다. 그들은 나온 바닥을 가리킨 뒤 다시 아래로 들어갔다. 아무래도 102호에 자신들의 시신이 있다는 의미 같았다.

문득 무서운 생각 하나가 스쳤다. 젊은 남자가 산다는 102호는 사람이 살고 있지 않은 것 같았다. 그곳은 오성애가 쓰는 공간일지도 모른다. 가령 시신을 보관하는 장소라면 어떨까? 형의 말대로 102호에 냉동고가 있고 그곳에 시신을 보관한다면 충분히 가능성이 있다. 바닥에 귀를 대고 소리에 집중했다.

"탁탁탁…… 탁탁탁."

냉동고 소리는 들리지 않았지만 누군가 막대기 같은 것으로 주위를 두드리는 소리가 났다. 형이라는 확신이 들었다. 바닥을 세 번 두드렸다. 잠시 후 형이 천장 주변을 두드렸다. 형이 들을 거라 생각하고 말했다.

"형, 시원이야. 들리면 벽을 두드려줘."

"탕, 탕, 탕!"

"지금 나 202호에 있어."

"탕, 탕, 탕!"

"거기 창문 있어?"

"탕, 탕, 탕!"

"나올 수 있겠어?"

"……."

"나올 수 없어?"

"탕, 탕, 탕."

"형, 기다려."

창문을 열었다. 2층 높이였지만 상당히 아찔했다. 어떻게든 충격을 최소화하고 싶어 창에 매달린 채 뛰어내렸다.

"쿵!"

발바닥이 너무 아팠지만 소리칠 수 없었다. 1층 창문으로 올라가려 했지만 계산 착오였다. 1층이라 낮을 거라 생각했지만 상당히 높았다. 올라갈 엄두가 나지 않았다. 주위를 둘러보니 나무로 된 사다리가 있었다. 사다리를 타고 올라가 조심스레 창을 열자, 악취에 정신을 잃을 뻔했다. 방은 칠흙 같은 어둠이었다.

"형, 나야!"

"탕, 탕, 탕."

"조금만 기다려. 지금 들어간다."

몸을 굽혀 102호 창으로 들어갔다. 그리고 불을 켰다. 식당에서나 쓰는 커다란 냉동고가 있었고 옆에 형이 서 있었다.

"형?"

눈을 의심했다. 5초 정도 머리가 멈춘 것 같았다.

형이 아니었다. 선글라스를 쓴, 온몸이 시커멓게 썩어 있는 사내가 침을 흘리고 서 있었다.

"으흐흐흐. 드디어 잡았다!"

301호 노인의 말이 맞았다. 그의 팔과 다리에 절단선이 있었다. 크기가 제각각이라 움직일 때마다 비틀댔다. 그가 빠르게 다가왔고, 나는 밀어버렸다. 선글라스가 떨어졌다. 안구가 빠진 자리에 피가 흘러내렸다. 나는 방을 뛰쳐나갔다.

"형, 어디에 있어! 형!"

그때 현관문이 열렸다. 오성애였다. 그녀는 광기 어린 표정으로 낫을 들었다.

"네놈 형이 도망가서 찾으러 왔더니, 네놈이 여기에 있었네?"

형이 탈출했다는 말에 불행 중 다행이라 생각했지만 여전히 그녀가 무서웠다.

그녀는 앞니로 아랫입술을 꽉 깨물며 다가왔다.

"이리 와. 죽이지는 않을게. 약속한다니까?"

그녀가 섣불리 낫을 휘두르지 않는 이유를 알 것 같았다. 자기 아들이 써야 할 몸이기에 상처를 입히기 싫었던 것 같다. 나는 점점 베란다로 내몰렸다. 여차하면 창밖으로 몸을 날릴 생각이었지만, 하필 베란다 창에 창살이 쳐 있었다.

"흐흐흐. 이제 네가 갈 때는 없…… 윽!"

순식간에 누군가 끈으로 오성애의 목을 졸랐다.

"빨리 도망치소!"

301호 노인이었다.

"어르신은요?"

"지금 내 신경 쓸 때요? 당신 형은 주차장에 있소. 이 망할 년, 우리 손자도 네년이 그랬지? 오늘 네년 제삿날이다."

오성애 또한 지지 않았다. 그녀는 낫으로 301호 노인의 다리를 찍어댔다. 방에서 오성애의 아들이 기어 나오더니 301호 노인을 향해 몸을 날렸다.

"흐흐흐. 우리 엄마 괴롭히지 마!"

그리고 순식간에 노인의 목을 물어뜯었다.

그때, 밖에서 형의 목소리가 들렸다.

"시원아, 시원아!"

형이었다.

"형, 나 여기 있어..조금만 기다려!"

노인을 구하는 게 우선이었다. 당장 오성애의 아들을 밀쳤다. 그러나 그의 몸은 진흙처럼 뭉개졌다. 터진 등에서는 검은 액체가 흘러내렸고 그는 비명을 질렀다. 그 속에서 나는 악취에 정신을 잃을 정도였다. 그는 노인에게서 떨어질 생각을 하지 않았다. 결국 힘이 빠진 노인은 오성애를 놓쳐버렸다. 오성애는 노인의 머리를 밟아 버린 후 아들과 노인을 떼어냈다.

"아들, 고기 먹으면 안 된다고 몇 번을 말해? 이것 봐! 몸이 썩어서 고름이 나오잖아."

오성애는 화가 머리끝까지 난 듯 한숨을 크게 내쉰 후 낫을 들고 달려들었다. 눈앞까지 낫이 들어왔다. 여차하면 다칠 위기였다.

"이젠 안 봐줘! 어차피 네놈 죽이고 너희 형 몸뚱이를 쓰면 되니까!"

누가 귀신이 무섭다고 했는가. 사람이 가장 무섭다. 광기 어린 그녀의 힘에 압도되어 밀리기 시작했다. 도무지 이길 수 없었다. 오성애는 발로 나의 배를 찬 후 재빠르게 달려와 낫을 들었다. 이젠 죽었다고 생각할 무렵이었다. 누군가 그녀의 몸을 밀쳤다.

형이었다.

형은 나를 일으켜 세웠고 301호 노인을 부축했다.

"빨리 나가자!"

현관문을 나설 무렵 발밑에 뭔가 부딪혔다. 휘발유였다. 대수롭지 않게 생각하고 나가려는데, 노인이 우리를 밀치고 문을 닫았다. 나와 형이 문을 두드렸지만 노인은 문을 열어주지 않았다.

잠시 후, 타는 냄새가 나더니 문이 뜨거워졌다. 형이 내 팔을 잡아당겼다.

"빨리 나가자."

주차장에서 본 송장 빌라에는 불이 솟구쳐 올랐다. 경황이 없는 가운데, 형이 침착하게 주머니에서 핸드폰을 꺼내 신고했

다. 무슨 이유에서인지 형은 불에 타는 송장 빌라를 보며 울고 있었다.

"형, 왜 우는 거야? 우리 집까지 불이 붙을까 봐 걱정되서 그런 거야?"

"아니. 아까부터 눈이 보이기 시작해서 감격스러워서."

에필로그

형의 신고 덕분에 소방차가 와서 불을 껐다. 이후 경찰들이 조사를 했는데, 102호 냉동고 두 개에서 네 개의 사체가 발견되었다. 302호 모녀와 301호 손자, 그리고 201호에 살던 남자였다. 301호 할아버지 시신까지 나왔다. 하지만 오성애와 아들 최동열의 시신은 발견되지 않았다.

다음 날, 경찰이 우리 형제를 불렀다.

"안정원 씨, 안시원 씨. 오성애 씨와 최동열 씨 어디에 있습니까?"

그들이 어디있는지를 왜 우리에게 묻는 건지 이해할 수 없었다.

"저희도 피해자예요. 왜 그들의 행방을 우리에게 묻는 거죠? 오성애 그 여자는 우리 형제까지 죽이려고 한 살인자예요. 그 여자 아주 악마에요."

경찰은 답답해했다.

나와 경찰이 실랑이하는 동안, 형은 아무 말도 하지 않고 고개만 숙이고 있었다.

드림 빌라 리조트

이현구

1

아파트 우편물 함에 놓인 대부분의 인쇄물들은 휴지통으로 직행하기 마련이다.

휴대전화 요금 고지서 같이 반드시 체크해야 할 우편물들은 메일이나 휴대전화 앱을 사용하여 확인한다. 아파트 현관에 놓인 우편물 함은 오피스텔 분양이나 헬스클럽 가입, 고가의 안마 의자나 정수기 렌탈, 새로 개업한 고깃집과 할부로 살 수 있는 신형 자동차를 신뢰로 보답하겠다는 영업사원의 다짐 따위가 담겼다. 그것은 잠재적 쓰레기 집합소에 지나지 않았다. 행복과 웃음을 보장해 줄 것 같은 우편물들은 주인이 손대는 순간 쓰레기로 변모한다. 태호는 우편물 함에 손을 넣으며 누군가 관찰하기 전까지 홀로그램으로 존재하는 양자 우주에 대해 생각했다. 적절한 색 조합을 인지하지도 못한 체 조잡하게 제작된 인쇄물들의 아우성은 절박하고 애처롭다. 전단지 하단 파란 잉크를 묻혀 명판으로 찍은 영업사원 이름은 마르기도 전에 종이를 겹쳐 댄 탓에 여기저기 번져있다. 태호는 이미 눈 떠 있는 시간 내내 무언가를 구매해 달라고 절규하는 소음 속에서 하루를 보냈다. 마을버스 안에서, 전철 안에서, 마천루처럼 치솟은 건물 외벽에서, 곱게 늙어 간 중년의 여배우와 이제 막 피어나는 젊음을 자랑하는 남자 배우는 어서 빨리 이 물건을 소유하여 행복해지라고 강변한다. 우편물 함은 하루 임무를 완료하고 안락하게 몸을 누이러 가기 위한 여정의 마지막 관문이다. 위협적이지 않지만 성가시다는 특징을 놓고 보자면 동굴 입구에 처진 거미줄과 비슷하다. 시선이 닿는 순간 순식간에 쓰레기로 분류되고 나면 남는 우편물은 결국 각종 세금 고지서뿐이다. 일정한 주기마다 예측되는 세금 고지서는 담담하게 받아들여지지만 속도위반이나 전혀 가늠하지 못했던 주차위반 같은 고지서가 날아오면 순식간에 찌푸려지는 미간을 어쩔 수 없다.

고지서를 제외하고 재빠르게 휴지통으로 직행하는 전단지 사이에서 '드림 빌라 리조트'의 겉봉을 뜯고 속 내용까지 보게 만든 건 곱게 포장된 고급 봉투였다. 봉투는 금색에 가까운 아이보리색 두터운 크라프트지로, 펄 성분이 섞여 조금씩 반짝거렸다. 입구는 동그란 금색 스티커가 붙어 있었는데 한가운데 정확히 부착된 것으로 봐서 봉인 스티커 하나 붙이는 데 꽤 신경을 쓴 흔적이 역력했다. 발신은 '드림 빌라 리조트 고객 사업부'라고 되어 있었다. 수신인은 놀랍게도 또박또박 수기로 쓰여 있었다. 글자는 자세히 들여다보지 않으면 인쇄체로 착각할 만큼 훌륭한 글씨체다. 가로 세로를 오가는 획은 시원시원하게 힘이 넘쳤다. 답답하고 옹졸해 보일 만큼 작지 않고 봉투 전체적인 비율을 깨뜨릴 만큼 크지도 않았다. 글씨는 또박또박, 검정 잉크 만년필을 사용해 적어 간 듯했다. 대수 법칙에 의존하여 네이팜탄처럼 대량 투하를 감행하는 전단지에 이렇게까지 돈과 성의를 들였을 리 없다. 태호가 겉봉을 뜯자 봉투와 같은 색상에 두꺼운 한지 재질로 만든 초대장이 나왔다. 80년대 강원도 양양에 지어진 드림 빌라 리조트는 4월 폐점을 앞두고 있다고 했다. 그동안 보내 주신 성원에 감사드린다는 인사말이 이어졌고, 마지막 한 달 기간 그동안 찾아 주신 VIP 고객을 대상으로 무료 감사 숙박 이벤트를 진행한다고 했다. 놀랍게도 자잘하고 길게 이어지는 내용은 모두 봉투와 같이 친필로 쓰여 있었다.

정체불명의 초대장을 읽어 본 태호는 고개를 갸웃거렸다. 그 정도 큰 규모 리조트의 VIP라면 최소한 회원권을 소지한 회원이 대상이 되어야 하지 않을까. 물론 드림 빌라 리조트는 태호가 젊은 시절 자주 이용한 곳이긴 하다. 그곳은 바닷가에 위치한 리조트가 아니라 양양 설악산 기슭 어디쯤인가 위치한 빌라형 리조트다. 태호는 바다를 바라보는 리조트보다 산속 숲 내음을 몸에 묻힐 수 있는 빌라형 리조트가 좋았다. 젊은 시절 자주 찾았다고는 하나 그래도 잘 가봐야 일 년에 한 번이나 잘해야 두 번 정도 방문했을 것이다. 그것도 젊은 시절 이야기지, 아내와 결혼하고 드림 빌라 리조트를 찾아간 기억은 몇 번 되지 않는다. 혹시 잘못 보낸 것일까? 내용을 꼼꼼히 둘러봤지만, 친필로 적힌 장문의 초대장에 태호의 이름까지 정확히 적혀 있다. 발달한 인쇄 기술을 이용한 매크로 작업물일 것이라는 생각은 보기 좋게 빗나갔다. 초대장의 뒷면에 날카로운 만년필 촉이 지나간 자국이 선명하게 남아 있다. 난데없이 날아 온 초대장은 태호를 혼란스럽게 했다.

드림 빌라 리조트를 마지막으로 방문했던 날은 정확히 기억한다. 그날은 죽을 때까지 잊지 못할 것이다. 그날은 숙박부에 인적 사항을 기재하지 않았다. 그날이 아니라 쳐도 그 전 언젠가 리조트를 방문했을 때 인적 사항을 기재 한 듯하다. 하지만 오래전 일 년에 한두 번 방문했다는 이유로 VIP로 대접받는 것은 낯간지럽고 민망한 일이다. 혹시 이런 식의 대량 초대장을 보낸 뒤 명목을 따지기 힘든 추가 요금을 요구하는 것이 아닐까 생각했지만, 청소 및 관리에 필요한 부담금 일 박당 이만 원 요금이 전부라고 기재되어 있었다. 따지고 보면 애초 대량 매크로 영업 수단으로는 어울리지 않는 초대장이다. 한 눈으로 봐도 고급 용지에 한 자, 한 자 공들여 자필로 쓰는 마케팅은 잠깐 생각해 봐도 수지가 맞는 방법이 아니다. 설마 하는 생각이 들었으나 아닐 것이라 도리질했다. 드림 빌라 리조트에서 있었던 일은 은밀했다. 그건 확인하고 또 확인했던 사항이었다. 태호의 마음을 끌었던 건 '마지막으로 방문해 주시어 화려했던 과거의 추억을 한 번이라도 되돌아봐 주실 수 있으시다면 영광이겠습니다'라는 문구였다. 이 문장은 이미 지나가 버린 태호의 반짝거렸던 젊은 날을 위로하는 듯했다. 마치 생기 넘치던 젊은 날 태호 곁에 드림 빌라 리조트가 함께 해췄다는 동류의식까지 전해주는 것 같았다.

문장은 글을 꽤 다뤄 본 사람이 쓴 듯하다. 의미를 파악하기 쉬웠고 구절 하나하나에 선부른 활자의 낭비는 보이지 않는다. 공손하게 초대를 부탁하고 있지만 공손함 아래 숨어 있는 초대자의 당당함도 느껴졌다. 태호는 초대장을 읽고 또 읽었다. 이렇게 훌륭한 고객 사업부를 두고 있는 리조트가 왜 폐업하게 되었는지, 태호는 이해가 가지 않았다. 리조트가 세워진 지 40년이 훌쩍 지났으니 리모델링을 하는 것보다 폐업하는 것이 더 나은 선택이었을 수도 있겠다. 드림 빌라 리조트는 높고 커다랗게 지어진 건물이 아니다. 호수별로 독립된 건물이 세워진 형태였으니 리모델링 비용이 만만치 않을지도 모르겠다. 그런 빌라형 리조트들은 방문객당 높은 숙박료를 받아야 수지 타산을 맞출 수 있을 것이다. 숙박객에게 제공되는 방과 거실은 거대했다. 객실마다 독립적으로 사용할 수 있는 꽤 넓은 마당까지 제공됐었다. 드림 빌라 리조트가 아무리 화려하게 지었다 한들 세월의 무게를 거스를 수 없었을 터이다.

　다음 날 태호는 전화로 드림 빌라 리조트에 예약했다.
　전화를 받는 상대는 사근사근하게 고객 응대 훈련이 아주 잘되어 있었다. 초대장을 받았다고 말하자 상대는 이름을 물어 왔다. "최태호입니다"라고 음절을 끊어 또박또박 말하자 잠시 종이 넘기는 소리가 들린 후 "저희 초대장을 받으신 VIP가 맞으시군요"라고 답했다. 단박에 신뢰감을 확신한 태호는 내친김에 당장 다음 날부터 이 박의 숙박을 예약했다.

2

체크인하는 메인 동은 드림 빌라 리조트에서 유일하게 거대한 건물이다. 현관 쪽은 삼각형 모양으로 높다랗게 지붕이 덮여 있었는데 80년대 지어진 건물이라는 것을 떠올려 보면 지어질 당시 얼마나 위용을 자랑했었는지 짐작하는 것은 어렵지 않다. 드림 빌라 리조트는 한때 졸부들의 호화 별장이라는 명예스럽지 못한 타이틀을 달고 언론에 오르내린 적이 있다. 리조트 운영자는 그런 불명예에서 벗어나기 위해 굳이 노력하지 않았을 것이다. 공룡능선처럼 가파르게 상승한 국민 소득과, 하루가 지나면 정확히 하루의 시간만큼 정직하게 퇴색해져 버리는 건축물들은 자연스럽게 일반 시민들의 틈입도 허용하게 했다. 졸부들의 전유물이라는 오명을 뒤집어썼던 빌라형 리조트는 90년대와 2000년 초반에는 젊은 대학생들과 기업들의 MT 장소로도 많이 활용되었다. 그 시기는 드림 빌라 리조트의 전성기였다. 리조트는 많은 사람의 사랑을 받았고, 대가로 방문했던 사람들 가슴에 감사한 추억을 잔뜩 새겨 주었다.

　태호는 메인 동 앞에 서자 부지불식간에 떠오르는 추억들을 말없이 되새김질했다. 그러다 문득 추억과 현실적인 풍경이 가져다주는 괴리감에 당황스러웠다. 드림 빌라 리조트의 웅장한 메인 동은 태호에게 아무런 위압감을 제공하지 못했다. 그곳은 낡고 오래돼 빛바래 버린 80년대 건축물 그 이상, 이하도 아니었다. 화려하고 웅장함이 가져다주는 설렘이나 젊은이들이 웃는 얼굴로 오가며 발산해 내던 에너지들은 전혀 보이지 않는다. 리조트는 켜켜이 쌓여간 세월의 먼지 속에 고스란히 파묻혀 있는 고대 유적처럼 스산했다. 쇠락한 로마제국의 왕궁을 바라보는 느낌이었다. 건물을 바라보고 있는 태호의 주위로 까치와 참새 소리가 가득하다. 으스스 바람이 스쳐 지나자 리조트 주위를 가득 메우고 있던 이팝나무들이 부대끼며 촤아아, 소리를 냈다. 메인 동 입구 옆 야외 휴게소 기둥으로 칡 나무와 등나무가 어지럽게 얽혀 방문객들의 휴식 공간을 점령하고 있었다. 아내와 드림 빌라 리조트를 방문했을 때도 칡 나무와 등나무는 교미하는 뱀처럼 엉켜 있었다.

　메인 동 내부로 들어가자 왼편에는 편의점, 오른편에는 거대하게 위치한 메인 식당이 보였지만 두 군데 모두 문이 닫혀 있어 지금도 운영하고 있는지 가늠하기 힘들다. 넓은 리조트에 들어왔지만 여태까지 태호와 마주쳤던 사람은 없다. 태호는 자신이 너무 일찍 리조트를 찾은 탓이라 생각했다. 자기 같은 사람에게도 초대장을 보낼 정도니, 무작위로 수많은 사람에게 초대장이 갔을 것으로 생각했다. 또 그 무작위로 많은 사람 중 태호와 같이 추억과 상념에 젖어 리조트를 방문할 사람이 적지 않을 것으로 예상했지만, 그 예상은 언제나 정답을 비껴가는 복권처럼 빗나가 버린 셈이다.

안내 데스크로 걸어가자 여자가 꼿꼿이 선 채 태호를 바라보고 있다. 검정색 정장을 입고 머리를 뒤로 모아 묶었다. 여자는 두 손을 공손하게 모으고 두리번거리며 들어오는 태호를 무표정하게 바라보고 있었다.

"예약했습니다. 최태호라고 합니다."

태호가 말을 하자 여자는 아무 말 없이 바로 키를 내어 줬다.

"아니, 인적 사항을 적는다거나 그런 건 필요 없나요?"

태호는 의아함에 물었다.

"적지 않으셔도 됩니다. 그냥 키 가지고 올라가시면 됩니다."

표준어를 구사하는 여자는 아무 표정 없이 말했다. 태호는 적잖이 놀랐다. '설마 오늘 예약한 사람이 나 하나인가?' 하는 의구심이 들었다.

"혹시 오늘 예약한 사람이 저 하나인가요? 저를 바로 알아보시네요."

태호의 말에 여자는 미소로 대답했다. 안내 데스크 여자의 미소는 누군가 박제된 미소를 들고 와 아무 표정 없는 사람의 얼굴 위에 압정으로 고정시켜 버렸을 때 볼 수 있는 미소처럼 보였다. 여자는 초대장에 명시된 관리비에 대한 말도, 기본적인 리조트 안내도, 숙박하면서 발생할 수 있는 리조트 내 주의 사항 어느 것 하나 말하지 않았다.

"초대장에 보니까 관리비가 있던데 그건 언제 드리면 되나요?"

"관리비는 하루 이만 원입니다. 현재 이 박 예약하셨으니까 사만 원이네요. 이 금액은 체크아웃하실 때 지급해 주시면 됩니다. 묵으실 동은 602호실이고요, 차를 가지고 오셨다면 차를 가지고 리조트 끝까지 올라가시면 됩니다."

여자의 목소리는 높낮이가 없었다. 아무래도 폐쇄를 앞둔 리조트라 직원 교육에 한계가 있는 듯했다.

"식당이나 편의점은 현재 운영하고 있나요?"

"운영은 하고 있습니다만 아무래도 폐점을 앞둔 상황이라 고객님의 만족을 충족시켜 드릴지는 저희도 장담할 수 없습니다. 참고로 편의점은 아홉 시까지 운영하고 식당은 오전 열한 시부터 저녁 여덟 시까지만 운영합니다. 서비스가 부족한 점 양해 부탁드립니다."

편의점이 아홉 시까지밖에 운영하지 않는다니, 태호는 사야 할 물품들이 있으면 빨리 사야겠다는 생각이 들었다. 식당은 설사 정상적인 운영을 한다고 해도 가게 될 것 같지 않았다. 폐쇄 직전의 리조트에서 운영하는 식당 상태란 보지 않아도 쉽게 예측할 수 있다. 끼니는 아무래도 양양 시내로 내려가 해결하고 오는 것이 좋을 것 같다. 관리비가 이만 원이 됐던 무료가 됐던 가격에 상응하는 서비스를 기대하는 건 애초에 불가능한 상황이다. 시설과 서비스만 놓고 보자면 이만 원을 내는 게 아니라 이만 원을 준다 해도 이런 리조트에서 묵지 않았을 것이다. 태호의 추억을 반추할 수 있는 것은 리조트를 가득 메우고 있는 숲 향기 하나밖에 없으니까.

태호는 맥주라도 사 갈 요량으로 편의점을 향했다. 닫혀 있던 편의점 문을 열고 들어가자 카운터는 지키는 사람 없이 텅 비어 있다. '직원이 없나?'라고 생각하는 순간 메인 카운터에서 체크인을 해 줬던 여자가 그림자처럼 태호의 뒤를 따라 들어왔다.

"물건 골라서 오시면 계산해 드리겠습니다."

그녀는 여전히 무표정한 얼굴이었다. 태호는 꾸벅, 묵례하고 진열장을 바라봤다. 진열장은 듬성듬성 빈 곳이 많다. 그나마 남아 있는 진열품들도 진열된 시간이 꽤 지난 듯했다. 태호는 맥주 세 캔과 납작하게 눌려 진공 포장된 오징어를 들고 계산했다. 냉장고를 켠 지 얼마 되지 않아 그런 건지, 냉장고 성능이

형편없는 건지 맥주는 미지근한 상태를 겨우 면해 있다.

그때 편의점 창가 쪽에서 물건을 보고 있던 태호는 누군가 자기를 바라보고 있다는 묘한 느낌이 들었다. 편의점 주위를 돌아봤지만 카운터에 서 있던 여자 외에는 아무도 없었다. 태호는 애꿎은 기분 탓을 했다. 그러다 우연히 편의점 창밖을 바라봤다.

그녀는 편의점 밖 방문객들의 등산로로 이어지는 먼 윗길에 서서 편의점 내부를 바라보고 있었다. 태호는 자신이 본 것이 정말 사람이 맞는지 자세히 바라봤다. 사람이 분명하다. 여자는 흰색 원피스를 입고 있었다. 쉬익, 불어오는 바람에 여자의 긴 머리가 휘날렸다. '분명히 사람인데 혼자 저기 서서 뭐 하는 거지?' 태호는 생각했다. 그러다 문득 저 여자가 편의점을 보고 있는 게 아니라 자신을 바라보고 있다는 느낌이 들기 시작했다. 태호는 미간을 찌푸리며 여자를 자세히 바라봤다. 분명하다. 여자는 태호를 바라보고 있다. 자기를 바라보고 있는 게 확실하다고 느낀 순간 그 여자는 등산로 아래 방향을 향해 뛰기 시작했다. 태호는 등골이 오싹했다. 전속력으로 편의점 방향으로 뛰어 내려오며 무언가 크게 소리를 지르는 것 같았다. 태호는 물건을 들고 계산대로 가 계산을 한 다음 잰걸음으로 주차해둔 자신의 차로 향했다. 왜 쫓기는 듯한 걸음을 하고 있는지 이해되지 않았다. 지금 드림 리조트에 태호와 일면식이라도 있는 사람이 머물 리는 없다. 설령 안다 해도 사람 형상도 제대로 알아보기 힘든 먼 거리다. 저 여자는 분명히 태호를 향해 뛰어오고 있던 것이 아닐 것이다. 하지만 이유를 알 수 없이 스멀거리며 올라오는 불안한 마음은 어쩔 수 없었다. 태호는 시동을 걸고 602호로 향했다.

602호 앞마당 쪽에서 태호는 오른편에 위치한 산책로를 바라봤다. 리조트 끝단 쪽에 위치한 산책로는 산책로라고 하기엔 무리가 있을 정도로 험난한 산길이었다. 입구의 아기자기한 풀숲들을 바라보고 길을 나섰다가 험난한 산길에 혼비백산해 다시 발걸음을 돌리는 관광객 천지였다. 그곳은 제법 그럴 듯하게 등산 장비를 챙겨 길을 떠나도 쉽지 않은 길이다. 태호는 한참 윗길에 이어진 신선봉 바위를 바라봤다. 아래에서 바라본 신선봉은 금방이라도 손이 닿을 듯 가까워 보였지만 그곳까지 당도하려면 꽤 많은 땀을 흘려야 한다. 태호는 신선봉이 자기를 바라보며 비웃고 있다는 기분이 들었다.

태호는 서둘러 602호 현관 키를 돌렸다. 방문을 열고 들어가자 메케하고 알싸한 냄새가 덮쳐 왔다. 내부 인테리어는 시간의 흐름에 호되게 얻어맞았지만 나름 최선의 방어를 해 온 모양새다. 태호가 마지막으로 방문한 후 몇 번의 리모델링을 거쳤지만, 대대적인 보수 공사가 진행된 리모델링은 아니었던 것 같다. 벽지나 가구 따위 자잘한 소모품들은 몇 번 새것으로 교체됐지만,

그마저 이제 수명을 다한 듯 낡고 삐걱거렸다. 태호는 어깨에 메고 있던 가방을 던져 놓고 들고 온 맥주를 꺼내 들었다. 맥주를 개봉하고 소파에 털썩 주저앉자 이곳에서 보냈던 시간 속 상념들이 두둥실 부유했다. 태호는 휴대전화를 꺼내 준서에게 전화했다. 준서는 꽤 많은 통화 대기음이 울린 후에야 전화를 받았다.

"네."

"아빠다."

"네."

"밥은 먹었니?"

"네."

"학교는 갔고?"

"네."

"그래, 어깨는 좀 어떻니?"

"괜찮아요."

"부상 덧나지 않게 무리하지 마라."

"네."

"아빠 이틀 동안 일이 좀 있어서 못 들어간다. 끼니 잘 챙겨 먹어라."

"네."

"그래. 알았다."

태호는 준서와 대화거리를 찾는 것은 네 잎 클로버를 찾기 위해 넓은 잔디 광장을 서성이는 것과 비슷하다고 생각했다. 경기에서 상대를 업어 메치다 어깨를 다쳤을 때도 준서는 태호에게 말하지 않았다. 준서의 어깨 부상이 생각보다 심각하다는 걸 알게 됐던 건 부상 후 일주일이나 지난 뒤였다. 준서의 밥 먹는 모습이 어딘가 부자연스럽다고 느꼈다. 일상의 이질감은 생각 외로 자주 놓치는 경우가 많다. 식사 자리가 끝날 무렵에야 태호는 준서가 왼손으로 밥을 먹고 있다는 걸 눈치챘다. 오 분처럼 느껴지는 오 초의 정적이 지난 후 태호는 통화를 종료했다. 운동하게 된 아들을 어떤 방식으로 교육하고 뒷바라지해 줘야 하는지 태호는 몰랐다. 수학에 특출난 재능이 있다거나, 과학에 재능이 있는 아이라면 본인의 경험을 토대로 여러 가지 충고와 뒷받침을 할 수 있었을 테지만, 준서는 숫자와 글자에 관심이 없었다.

"저는 제 몸을 제가 마음먹은 대로 쓸 수 있어요."

초등학교 시절 준서가 했던 말에 태호는 당황했다. 태호는 태어나서 몸을 마음먹은 대로 쓴다고 생각해 보지 못했다. 운동회 때면 갈치처럼 긴 생선의 꼬리 역할을 도맡았다. 뜀박질을 시작한 아이들이 결승선을 한참 전에 넘어 희희덕거릴 때도 태호는 헐떡이며 안간힘을 썼다. 태호에게 육체는 마음먹은 대로 쓸 수 있는 영역이 아니었다. 그에게 육체란 단지 존귀한 영혼을 담을 수 있는 용기일 뿐이다. 몸을 마음먹은 대로 쓸 수 있다니, 그건 태호가 살면서 한 번도 상상해 보지 못한 표현이었다. 준서에게 자기 몸을 자기 마음먹은 대로 쓸 수 있다는 말을 듣는 순간 의심이 확신이 되어 분노가 타오르기도 했다.

태호는 맥주를 한 모금 마시며 근육을 이완시켰다. 오전 내내 강원도까지 운전했던 연유로 몸이 소파로 스르르 꺼지는 느낌이 들며 잠이 쏟아졌다.

3

태호는 정체 모를 소리에 눈을 떴다. 그 소리는 '통통통통' 무언가를 두들기는 듯 일정한 간격으로 들려 오고 있었다. 소파에 앉았다 잠시 잠이 든 것 같다. 태호는 익숙한 냄새가 실내를 가득 채우고 있음을 느꼈다. 된장찌개 냄새였다. 소파에서 몸을 일으켜 주방 쪽을 바라봤다. 가스레인지 위에는 뽀글거리는 소리를 내며 찌개가 끓고 있다. 아내는 싱크대 위에 놓인 도마에서 통통, 소리를 내며 양파를 썰고 있었다. 소파에서 일어난 태호는 크게 기지개를 켠 다음 부엌으로 다가갔다. 다가오는 태호를 본 아내는 웃으며 말했다.

"일어났어요? 많이 피곤 했나 보네?

태호는 부엌에 놓여 있는 작은 4인용 식탁에 앉았다.

"언제 왔어?"

태호는 잠이 깨지 않은 몽롱한 상태로 물었다.

"조금 전에요."

아내는 태호를 바라보지 않고 여전히 양파를 다듬으며 말했다.

"기왕이면 준서도 데려오지 왜 혼자 왔어요?"

아내의 말에 태호는 대답하지 않았다. 준서의 다친 어깨가 생각났고, 준서에 관한 이야기가 나오면 아내의 말이 길어질 것 같았다. '그냥'이라고 그저 작게 혼잣말처럼 말했다. 다행히 아내는 더 이상 묻지 않았다.

"준서가 원래 말을 잘 안 하는 아이잖아요. 당신이 신경을 조금 더 써줘요."

태호는 아내를 바라봤다. 이 여자가 혹시 준서가 다친 걸 알고 있나? 생각했지만 물어볼 수 없다. 태호는 가만히 앉아 아내의 얼굴을 바라봤다. 세월은 태호의 얼굴을 스쳐 지나가며 수많은 생채기를 냈지만, 아내의 얼굴은 여전히 팽팽했다.

"요즘은 술 많이 안 마셔요?"

"예전처럼 마셔대진 않아."

태호는 심드렁하게 대답했다.

"적당히 마셔요. 몸 버릴 정도로 폭주하지 말고."

태호는 아무렇지도 않게 말하는 아내의 말에 갑자기 화가 치밀어 오르기 시작했다. 눈을 감고 심호흡을 크게 했다. 화를 내선 안 된다. 화낼 필요 없다. 태호는 속으로 숫자를 세기 시작했다. 아내는 눈을 감고 숨을 깊게 들이마시고 있는 태호를 바라보더니 피식 웃음을 지었다.

"이제는 예전처럼 화도 잘 안 내네. 소리도 지르지 않고."

어쩐지 아내의 말투가 조금 도발적으로 변한 것 같았다. 태호는 여전히 눈을 감고 심호흡했다.

"해 봐요. 어디 한 번. 소리 질러 보라고. 다시 한번 그 기분 느껴 보게."

태호는 조금씩 변해 가는 아내의 말투에 눈을 뜨고 아내를 바라봤다. 아내는 웃는 얼굴로 몸을 돌려 태호를 바라보고 있었다. 아내가 한 걸음 태호 쪽으로 걸어왔다.

"뭐 하는 거야? 지금?"

아내의 느낌이 심상치 않았다. 아내는 손에 들고 있던 식칼을 조금씩 위로 들었다.

"잘하잖아요. 신경질 내고, 소리 지르는 거. 지금 한 번 해 보라고."

아내는 여전히 웃는 얼굴로 사근사근하게 말했다.

"칼 내려. 왜 칼을 들고 다가와?"

태호는 식탁 의자에서 일어서며 뒷걸음질쳤다. 아내는 멈추지 않고 천천히 다가왔다.

"아니면 내가 지금 소리 지르게 만들어 볼까요?"

아내와의 거리가 점점 가까워졌다. 아내는 손에 쥔 칼을 태호를 향해 내밀었다.

"헉."

태호는 식은땀을 흘리며 소파에서 튕겨져 일어났다. 온몸이 젖어 있었다. 그때 누군가 태호가 머문 객실의 벨을 계속 눌렀다. '땡동, 땡동' 벨 소리는 신경질적이었다. '누구지?'라는 생각이 드는 순간 실내에 이상한 냄새가 풍겨 온다는 것이 느껴졌다. 비릿한 냄새는 익숙하기도 하면서 생경한 느낌이었다. '이거 피 냄새 아냐?'라는 생각이 드는 순간 태호는 손이 축축하다는 생각이 들었다. 손을 들어 올려 보니 오른손에 식칼이 들려 있었고, 온통 피범벅이었다. '내 손이 왜 피범벅이 돼 있어?' 태호는 자기 몸을 내려다봤다. 옷이며 소파 바닥으로 온통 피 칠갑이 되어 있었다. 숨이 쉬어지지 않았다. 고개를 돌려 좌측에 있는 일인용 소파를 보았다. 여자가 피범벅이 되어 고개를 떨군 채 죽어 있었다. 태호의 동공이 쉼 없이 떨려왔다. 태호는 천천히 일어나 한 발씩 그 여자를 향해 다가갔다. 밖에서는 누군가 끊임없이 벨을 눌렀다. 태호는 천천히 여자를 바라봤다. 아내였다. 그녀는 온몸에 피범벅이 되어 일인용 소파에 있었다. 태호는 '으아악' 비명을 지르며 뒤로 넘어졌다.

그때 밖에서 누군가 손으로 문을 쾅쾅 치기 시작했다.

"안에 있는 거 다 알아요. 빨리 문 좀 열어 봐요."

처음 듣는 여자 목소리였다. 여자는 쉴 새 없이 벨을 누르다 문을 두들겨댔다.

태호는 머릿속 사고가 정지해 버렸다. '아내가 왜 여기 죽어 있지?' 손에 힘이 빠지면서 들려 있던 칼이 힘없이 툭, 바닥으로 떨어졌다. 누군가 태호의 머릿속에 존재하는 톱니바퀴에 모래를 잔뜩 부어 놓고 도망간 것 같았다. 생각할 시간이고 뭐고 당장 밖에서 문을 두들기고 있는 여자가 문제였다. '어떻게 해야 하지?' 턱이 덜덜 떨려왔다.

"빨리 문 좀 열어 봐요. 지금 이러고 있을 시간이 없어요. 어서요. 일단 문 좀 열고 얘기해요"

시체를 치우거나 거실을 정리할 시간이 없다. 당장 몸에 묻어 있는 피를 처리하기도 난감하다. 태호는 천천히 문 앞으로 갔다.

"누…… 누…… 누구세요?"

그의 목소리는 떨리고 있었다.

"아이 참, 일단 문부터 빨리 열라니까요. 이러고 있을 시간이 없어요."

"누…… 누구신데요?"

"이 아저씨 정말 말귀를 못 알아듣네. 나중에 천천히 다 설명해 줄 테니까 빨리 문부터 좀 열어요."

여자는 계속 문을 손으로 쾅쾅 쳐대기도 하고 손잡이를 돌리며 문을 흔들어 댔다. 그때 멀리 어딘가에서 경찰차가 내는 사이렌 소리가 들렸다. 태호는 심장이 덜컥 내려앉는 기분이었다. '나를 잡으러 오는 소린가? 여기서 사람이 죽었다는 건 어떻게 알았지?' 도대체 상황 파악이 되지 않았다. 온몸이 주체할 수 없을 정도로 덜덜 떨렸다. 태호는 잠긴 현관문의 잠금쇠를 풀고 문을 열었다. 문밖에는 하얀 원피스를 입은 여자가 서 있었다. 그녀는 온몸에 피를 묻힌 태호를 보고 놀란 토끼 눈이 되었다.

"어머, 세상에."

태호는 넋이 나간 표정으로 멍하게 여자를 바라봤다.

"누…… 누구십니까?"

태호는 덜덜 떨리는 목소리로 말했다.

"일단 설명은 나중에 해 줄 테니까 빨리 나와요. 지금 여기서 이러고 있을 시간이 없어요. 빨리요."

뭐가 뭔지 모르겠지만 일단 낯선 여자의 말을 듣는 것이 최선이라는 생각이 들었다. 태호는 신발을 신으려다 다시 거실로 들어가 가지고 왔던 가방을 들고나왔다.

"그런 거 챙길 시간이 어딨어요. 따라와요. 빨리 뛰어요."

여자는 602호 옆으로 난 산책로로 산을 향해 달리기 시작했다. 태호도 여자 뒤를 바라보며 뛰었다. 울리는 경찰차의 사이렌 소리가 점점 가까워지고 있었다. 앞에서 달려가는 여자의 속도가 너무 빨랐다. 원피스를 입고도 저렇게 빠른 속도로 산길을 달릴 수 있다는 사실이 놀라웠다. 그들은 한참을 달렸다. 태호는 산속을 이렇게 뛰어다닐 수 있는 자신의 체력이 놀라웠다. 놀랍게도 별로 숨이 차지도 않았다. 길을 향해 달리던 여자는 갑자기 길이 나 있지 않은 숲으로 뛰어 들어갔다. 길도 나지 않은 숲속을 한참 달린 후에야 여자는 멈췄다. 앉기 좋은 큰 바위가 있었고, 여자는 그곳에 걸터앉았다. 태호는 그 옆에 서 있었다.

"휴우, 꼴이 대단하네요? 안에서 무슨 일이 있었던 거죠?"

여자는 온통 피범벅이 되어 있는 태호를 보고 말했다.

"아, 이건…… 저…… 안에서…… 제 아내가 죽어 있었습니다."

태호가 더듬거리며 말했다.

"아, 그쪽이 죽인 건가요?"

"아뇨, 전…… 전…… 제가 죽이진 않았는데 정신을 차려보니 제가 칼을 들고 있었어요. 모르겠습니다."

혼란스러웠다. 정말 자기가 아내를 살해하고 기억하지 못하는 상황이라면 이보다 더 끔찍한 상황은 없다.

"그런데 당신은 누구시죠? 혹시 한참 전에 메인 동 산책길에서 뛰어 내려오시던 분 아닌가요?"

태호의 질문에 여자는 훗, 하고 웃었다.

"아! 보긴 보셨구나. 나를 보고도 도망친 거네요?"

"아, 네. 저는, 그러니까 저도 모르게 그만."

"뭐, 괜찮아요. 그럴 수 있죠 뭐. 애초에 알던 사이도 아니고 이해해요. 일단 언제까지 우리가 이야기를 나눌 수 있을지 모르니까 본론부터 얘기할게요. 좋은 소식과 나쁜 소식 두 가지가 있어요. 이렇게 말하는 게 식상하긴 하지만 골라 보세요. 무슨 얘기부터 듣고 싶으세요?"

여자는 장난꾸러기 같은 표정으로 말했다.

"무슨 얘기를 먼저 듣게 되든 상관없습니다."

태호의 목소리는 여전히 떨리고 있었다. 달리느라 잊고 있었지만, 다시 정신을 차리고 보니 손도 여전히 덜덜 떨리고, 제멋대로 허공을 유영했다.

"좋은 소식은 지금 아저씨에게 일어나는 일들은 꿈이라는 거예요. 말하자면 지금 아저씨하고 저하고 꿈속에서 대화 중인 거죠."

"꿈이라고요? 지금 이게?"

태호는 멍한 표정으로 되물었다.

"네. 마음이 한결 편해지죠? 그러니까 아저씨가 살인했건 말건 꿈에서 깨기만 하면 아무 상관이 없다는 얘기죠."

태호는 순간적으로 다리에 힘이 풀려 자리에 털썩 주저앉았다.

"문제는……"

여자는 말을 꺼낸 뒤 한 박자 쉬었다.

"꿈에서 깰 수 없다는 게 문제죠."

"네? 꿈에서 깰 수가 없다니요. 그런 말이 어디 있습니까."

"아저씨. 혹시 몽귀라고 알아요?"

"아뇨. 처음 듣는데요."

"몽귀라고, 꿈을 지배하는 귀신이에요. 그러니까 말하자면 말이죠. 아저씨는 지금 몽귀에게 홀려 있는 상태예요. 그런데 우습게도 그건 저도 마찬가지예요. 저는 아저씨보다 훨씬 오래 몽귀에게 잡혀 있었겠죠. 저는 지금 이 꿈속에 3년을 잡혀 있었어요. 그동안 여러 가지 일을 겪으면서 그래도 많은 정보를 알게 됐어요. 꿈속에서는 삼 년인데 현실에서는 얼마의 시간이 흘렀는지 몰라요. 꿈과 현실의 시간은 정확히 일치하지 않으니까요. 하루였을 수도 있고, 일 년이었을 수도 있고, 아니 어쩌면 현실에선 딱 십 분 정도의 시간밖에 흐르지 않았을지도 모르죠."

태호는 도대체 여자가 무슨 말을 해대고 있는지 이해할 수 없었다.

"어쨌든 이곳에선 삼 년이 조금 넘는 세월이 흘렀어요. 아저씨는 내가 이곳에서 만난 세 번째 사람이고요."

"세 번째요? 그럼 저보다 먼저 만난 두 사람은 이곳을 빠져나갔나요?"

태호는 꿈속의 탈출 방법을 물었다. 그러나 여자는 태호를 바라보며 말없이 고개를 가로저었다.

"그럼 그 사람들은 어떻게 됐나요? 그리고 이곳을 빠져나가는 방법이 뭔가는 있을 것 아닙니까?"

"일단 이곳을 빠져나가는 방법을 말씀 드릴게요. 방법은 의외로 간단해요. 이곳에서 몽귀를 만나면 죽여 버리면 돼요."

"죽인다고요?"

여자는 고개를 끄떡였다.

"몽귀 꿈속이라면서 몽귀를 죽이는 방법이 있다는 겁니까?"

"몽귀를 죽이는 건 현실에서 사람을 죽이는 것과 같아요. 칼로 찔러 죽이든, 돌로 내려쳐 죽이든 방법이야 많겠죠. 나는 실패하고 있지만 아저씨가 성공한다면 나도 같이 몽귀의 악몽에서 풀려나게 되겠죠."

태호는 잠시 생각했다. 아직 이 여자가 몽귀의 꿈속에서 헤매고 있는 것이라면 전에 만났던 두 사람은 몽귀를 죽이는 데 성공하지 못했다는 이야기이다.

"그럼 혹시 몽귀 인상착의를 알고 있나요? 어떻게 생겼는지 알아야 찾아내서 죽이든 말든 할 것 아닙니까?"

"몽귀는 정해진 모양이 없어요. 아저씨 여기 들어올 때 카운터에서 안내하던 여자 마주쳤죠?"

태호는 가슴이 철렁 내려앉았다. 그럼 리조트에 들어서던 그 순간까지 꿈이었단 말인가? 도대체 어디서부터 꿈이고 어디서부터 현실이지? 태호의 머릿속이 복잡해졌다. 무뚝뚝하게 체크인해주던 여직원을 생각하며 고개를 끄덕였다.

"그 여자가 몽귀일 수도 있고, 아니면 앞으로 이 리조트에서 마주치게 되는 어떤 사람들의 형상을 하고 나타날 수도 있어요. 몽귀는 꿈속 인물로 나타나서 자기가 붙잡아 놓은 사람들을 조롱하는 걸 즐겨요. 그러니까 몽귀를 죽이는 것보다 누가 몽귀인지 찾아내는 게 중요한 거예요."

태호는 말없이 설악산 능선들을 바라봤다. 이게 정말 꿈인가? 아니다. 분명히 이 느낌은 실제다. 눈앞에 절경처럼 펼쳐진 설악산과 신선봉, 이제 막 푸르러지기 시작한 나무의 잎새들, 지저귀는 새소리, 하루의 일과를 마치고 황금빛 햇살을 뿌리며 지구 반대편으로 저물고 있는 태양까지. 태호는 믿기지 않았다.

"그런데 궁금한 게 있어요."

태호는 여자에게 물었다.

"만약에 이게 꿈이라면 말이죠. 당신 말대로 몽귀에게 지배당하고 있는 꿈속이라면, 의심이 가는 사람마다 다 찔러 죽이면 되는 것 아닌가요? 어차피 꿈속인데 망설일 필요 없잖아요?"

"그러기엔 몇 가지 문제가 있어요."

여자는 태호의 질문을 예상한 듯 말했다.

"아저씨. 여기 들어와서 꿈을 몇 번 꿨어요?"

태호는 곰곰이 생각했다. '내가 꿈을 몇 번 꿨지?' 아내가 나타났던 건 꿈이 확실하다. 그리고 지금도 꿈속이라고 하니, 벌써 꿈을 두 번이나 꾼 것이다.

"두 번 꾼 것 같네요."

태호는 한숨을 쉬며 말했다.

"여기서 그렇게 한심하게 단정 지으면 안 돼요. 여기 어떻게 오게 됐어요?"

"저는 초대장을 받아……"

"그 상황도 꿈이라는 생각은 안 해 봤어요?"

그 상황까지 꿈이라고? 혼란스러웠다. 그럼 메인 동에서 체크인하던 것도 꿈이었나? 생각해 보니 메인 동에서 체크인할 때 이 여자와 마주쳤다. 도대체 어디서부터 어디까지가 꿈이고 현실이란 말인가. 머리가 터질 것 같았다.

"우리는 계속 중첩된 꿈속에서 방황해야 해요. 꿈속에서 깨어나고, 깨어나지만 모든 건 꿈속이에요. 그런데 정말 중요한 문제는 따로 있어요."

"중요한 문제가 따로 있다니요?"

"그렇게 중첩되는 꿈속에 가끔 현실이 하나씩 끼어 있어요. 그런데 그게 꿈인지 현실인지 구분하지 못한다는 게 문제죠. 결론을 말씀드릴게요. 아저씨가 꿈속이라고 생각하고 칼로 몽귀를 죽였는데 그게 현실이었다면, 그리고 죽인 몽귀가 현실에서 마주쳤던 진짜 사람이라면 아저씨는 어떻게 될까요?"

여자의 말을 들은 태호는 눈만 커다랗게 뜨고 아무 말을 하지 못했다. 이 여자의 말이 사실이라면, 꿈에서 깨어난다 하더라도 살인자가 되고 만다.

"그리고 지금 꿈속에 잡혀 있는 다른 사람을 죽인다 해도 여기 계속 붙잡혀 있어야 해요. 그러니까 몽귀가 누군지 찾아내는 것도 중요하지만 나 말고 꿈속에 갇혀 있는 사람이 누군지 파악하는 것도 아주 중요해요."

그때 산책로 아래쪽에서 사람들이 웅성거리며 태호와 여자가 있는 방면으로 올라오는 소리가 들리기 시작했다.

"어머, 저 경찰 아저씨들 벌써 쫓아왔네. 지금 무척 혼란스럽고, 알고 싶은 게 많겠지만 차차 적응하실 거예요."

여자는 그렇게 말하며 일어나 벼랑 쪽으로 발걸음을 옮기기 시작했다.

"아니, 잠깐만요. 이건 어차피 꿈이라고 했잖아요? 꿈속이라면 제가 누명을 쓰고 잡혀간다 해도 그게 무슨 상관이죠? 여기서 깨면 그만이잖습니까?"

"몽귀는 자기 꿈속에서 게임을 하는 거예요. 어쨌든 여기는 몽귀가 세운 세계니까. 잘못을 저지르거나 실수하거나 하면 페널티를 받게 돼요. 꿈속에서조차 감방에 갇혀 있어야 하는 거라고요. 제가 아저씨 세 번째 만나는 사람이라고 말씀드렸죠? 첫 번째 만났던 사람은 지금 어디 있을까요?"

여자는 이야기하며 벼랑 쪽으로 더 가까이 다가갔다. 그러면 여자가 만난 첫 번째 사람은 지금 감옥에 갇혀 있다는 말인가?

"이건 영화가 아니니까 팽이 같은 걸로 구분하지 못해요. 혹시 모르죠. 그런 방법이 있는데 제가 아직 찾아내지 못한 건지도. 그런 건 앞으로 아저씨하고 나하고 차차 찾아보기로 해요.

아무튼 아저씨. 나중에 봐요."

여자는 웃으며 손을 흔들더니 절벽 아래로 뛰어내려 버렸다. 태호는 '잠깐만요'라고 소리 지르며 달려가 봤지만 이미 여자는 뛰어내리고 난 후였다. 그때 산 아래쪽에서 '저기 있다'라는 소리가 들렸다. 풀숲 50미터 아래쪽에서 경찰관들이 올라오고 있었다. 태호는 상황 판단이 되지 않았다. 여자의 말이 사실이라면 자신도 꿈속 내내 감옥에 갇혀 있어야 한다. 그것이 일 년이라는 시간일지, 십 년의 시간이 될지 장담할 수 없다. 그를 발견한 경찰은 전속력으로 뛰어 올라오고 있었다. 한 명은 호루라기를 삐익, 불어 주변에 흩어져 있던 동료를 모으는 것 같았다. 온몸에 식은땀이 흘렀다. 벼랑 끝으로 다가가 아래를 보았다.

없다!

이미 뛰어내린 여자의 모습이 보이지 않는다. 태호는 두 눈을 질끈 감고 벼랑으로 뛰었다. 몸이 붕, 나르는 느낌이 들며 온몸에 짜릿하게 전기충격이 오는 것처럼 느껴졌다.

4

태호는 온몸에 경기를 일으키며 일어났다. 얼굴 위로 밝은 햇살이 내리쬐고 있었다. 생선 구운 연기가 가득한 듯 머리가 멍하다. 두 손을 들어 바라봤다. 깨끗하다. 핏자국은 존재하지 않는다. 옷에도 핏자국은 없다. 휴우, 길게 한숨을 내쉬었다. 고개를 두리번거리며 이곳이 어딘지 생각하려 애썼다. 아이를 동반한 가족과 연인들이 즐겁게 웃으며 오갔고, 머리 위쪽 나무에서 까치가 울고 있다. 태호는 드림 빌라 리조트 메인 동 가장자리에 놓인 휴식 의자에 앉아 있었다. 지금 상황이 어떤 식으로 돌아가고 있는지 판단할 수 없었다. '아내가 나타났었지. 그리고 죽었는데, 내가 죽인 건가? 그런 꿈인가?' 혼란스러웠다. 사람들은 웃으며 메인 동 쪽으로 향하고 있다. 방금 꿨던 꿈들이 믿어지지 않았다. 원피스 입은 여자가 말했던 것은 사실일까? 그 여자 말대로라면 지금 이 상황도 꿈속이 분명하다. 태호는 고개를 들어 머리 꼭대기에 떠 있는 태양을 쳐다봤다. 눈이 부셨다. 바람이 쉬익, 지나가자 숲 향기도 그대로 전해지고 살갑게 피부에 닿는 느낌도 그대로다. 오감은 고스란히 살아 있다. 이건 꿈인가? 현실인가?

대체 무슨 수로 꿈속이라는 걸 증명해낼 것이며, 몽귀는 어떻게 특정할 수 있는 것인가? 빨리 현실과 꿈을 구분할 수 있는 방법을 찾아야 한다. 리조트는 성수기 손님을 맞은 듯 많은 사람이 오갔다. 그들에게 특정한 것을 발견하는 건 불가능해 보였다. 평범한 가족이었고, 평범한 연인들이다. 사람들은 메인 동으로 몰려가고 있었다. 태호도 일어나 메인 동으로 향했다. 메인 동 안으로 들어가자 로비에 사람들이 북적거렸다. 카운터에서는 지난번 보지 못했던 직원 네 명이 서서 관광객들을 안내하고 있다. 처음 마주쳤던 무표정한 여자는 보이지 않았다. 편의점과 식당 문은 활짝 열려 있었고, 사람들은 자유롭게 이용했다. 카운터 뒤편에 위치한 메인 행사장 문이 열려 있었다. 태호는 메인 행사장으로 들어갔다. 행사장 무대에서는 무명의 가수가 통기타를 들고 노래하고 있었다. 사람들은 공연을 보기도 하고 서로 대화하며 떠들기도 했다. 태호를 제외한 사람들은 모두 흥겨워 보였다. 그때 누군가 뒤에서 태호의 어깨를 잡았다.

"매형? 와, 진짜 매형이네. 아니 여기 어쩐 일이세요?"

뒤를 돌아보니 처남인 현준이 반가운 얼굴로 서 있었다. 현준을 본 태호는 반가움을 표현해야 할지 차가운 표정을 지어야 할지 난감했다.

　"어? 어…… 그래, 처남. 처남은 여기 어쩐 일이야?"

　이건 꿈인가, 현실인가? 당혹스러웠지만 알아낼 방법이 없다.

　"저야 여기 쉬러 왔죠."

　"그…… 그래. 나도 쉬…… 쉬러 왔어."

　"쉬러요? 매형이? 쉬러 왔다고요?"

　현준이 이죽거리며 말했다. 태호는 현준의 저 이죽거리는 웃음이 싫었다. 아내와 연애 시절, 가족을 소개시켜 준다는 자리에서 처음 만난 날도 현준은 얼굴에 지네가 잔뜩 기어가는 듯한 웃음을 지었다. 현준은 태호와 이야기하며 웃을 때마다 입꼬리 한쪽만 올리며 피식피식 웃었다. 장인어른의 덩치도 컸지만, 특히 현준의 어깨는 태평양보다 더 넓어 보였다.

　"내 동생은 어렸을 때부터 운동만 해서 주변 분위기 파악을 한다거나 사람 기분 맞추는 걸 잘 못 해요. 자기가 좀 이해해 줘요."

　아내는 처남을 만나던 날 사전에 그렇게 말했다. 어려서부터 여러 가지 운동과 더불어 유도를 꾸준히 해 왔던 것과 사람 기분 맞추는 것이 무슨 상관관계가 있는지 모르겠지만 태호는 알겠다고 했다. 하지만 태호가 느끼는 감정은 분위기 파악을 하지 못한다거나 주위 사람 기분을 맞추지 못한다는 느낌이 아니었다. 현준의 행동은 태호의 존재를 자기 종아리에 매달린 일곱 살짜리 아이 대하는 것처럼 느껴졌다. 태호는 현준이 왜 자신을 적대시하는지 이해할 수 없었다. '누이를 뺏긴 남동생들은 다 저렇게 반응하나?' 태호 입장에서 절대 이해할 수 없는 행동이었다.

"야아, 마침 잘됐네. 매형, 나랑 술 한잔합시다."

현준은 태호에게 어깨동무했다. 현준이 어깨동무하자 마치 불량 고등학생에게 돈을 뺏기러 골목에 끌려 들어가는 초등학생이 된 기분이었다.

"아니, 난 괜찮아. 처남이나 마셔."

"에이, 이거 또 여기까지 와서 재미없게 왜 그래요? 갑시다. 이렇게 공기 좋고 경치 좋은 데까지 왔으면 얼큰하게 한잔해야지."

태호는 종이 인형처럼 펄럭거리며 현준에게 딸려 들어갔다. 현준은 이벤트 홀을 나와 식당으로 발걸음을 옮겼다.

"여기 뭐 잘합니까? 안주할만한 거 하나하고 소주하고 맥주 좀 줘봐요."

현준은 메뉴판을 보지도 않고 종업원에게 주문했다. 그때 식당 입구에서 원피스를 입은 여자가 두리번거리며 걸어가는 게 보였다. 태호는 현준에게 '잠깐만'이라고 말하고 여자에게 다가갔다.

"어머, 용케 빠져나왔네요? 난 또 감옥에 잡혀갔으면 어떡하나 걱정했는데."

"네. 저도 뒤따라 바로 절벽에서 뛰어내렸습니다."

"진짜 적응이 빠르시네. 처음부터 그러기 쉽지 않은데 그런데 괜찮아요?"

"네. 어차피 꿈이지 않습니까? 괜찮고 말고 할 여부가 있나요."

"그렇지 않으니까 물어보는 거죠. 꿈속이라도 통증은 그대로 느껴진다고요. 운 좋으셨네"

"그런가요?"

태호는 공중에서 뛰어내린 후 땅에 닿기 전 그 꿈에서 깨어났다.

"궁금한 게 있는데 꿈속에서 마주치게 되는 사람들은 나와 어떤 관련이 있는 사람들이 주로 나타나나요?"

"왜요? 벌써 누군가와 마주쳤어요?"

"네. 처남과 마주쳤습니다. 지금 저쪽 테이블에 앉아 있고요."

여자는 태호를 한참 바라보다 말했다.

"처남요? 음…… 눈치채셨겠지만 여긴 엄연히 악몽이잖아요, 좋은 인연과 맞닥뜨리진 않을 거예요."

태호는 여자의 말을 듣고 바닥을 보며 잠시 생각에 잠겼다.

"처남하고 어떤 사이인데요?"

"아니 뭐, 어떤 사이라기보다……"

태호는 말을 흐렸다. 여자는 말끝을 흐리는 태호를 보고 의미

심장한 웃음을 지었다.

"일단 전 여기 로비 쪽에 있을 테니까 만나고 오세요. 무슨 말 하는지, 내 꿈에 왜 나타났는지 알아내는 것도 중요하니까."

태호는 가볍게 목례하고 다시 식당 안으로 들어갔다. 현준이 앉아 있는 테이블에는 맥주와 소주, 강냉이가 놓여 있었다.

"야아, 우리 매형 이제 봤더니 여자들한테 인기 좋네. 누구 예요?"

현준은 능글거리는 웃음을 지으며 말했다.

"아니, 그저 여기 와서 잠깐 알게 된 사람."

"에이, 분위기가 여기 와서 잠깐 알게 된 사이가 아닌 것 같던 데? 솔직히 말해 봐요. 난 다 이해해. 매형도 이제 과거는 다 잊고 새 출발 해야죠."

현준은 맥주잔을 들고 소주와 맥주를 적절히 섞어 태호에게 내밀었다.

'꿈속에서 마시는 술도 취하나?' 술잔을 든 태호는 생각했다.

"시원하게 한잔합시다."

현준은 술잔을 들며 건배를 권했다. 태호는 건배를 한 다음 술을 들이켰다. 목젖을 따갑게 훑고 내려가는 느낌은 현실과 분간하기 어려웠다.

"잘했네, 잘했어. 이제 여자랑 바람도 쐬러 다니고, 우리 매형 아픔을 많이 극복했구만."

태호는 무언가 변명해야 한다고 생각했지만, 부질없는 행동 같아 그만두기로 했다. 잔을 비우자 현준은 태호의 잔에 능숙하게 다시 술을 채웠다.

"아니, 근데 씨발, 이거 또 생각해 보니까 그렇네. 데이트하려면 다른 곳도 많은데 하필 또 여기로 데이트를 온 거요?"

갑자기 현준의 눈이 뱀처럼 변하며 태호를 째려봤다. 태호는 현준의 눈을 바라보자 순간적으로 오금이 바짝 졸여 왔다.

"그런 거 아니라니까. 여기 와서 잠깐 알게 된 거라니까!"

태호는 그럴 필요 없다고 마음을 다잡았지만, 마음과 상관없이 변명이 먼저 튀어나와 버리고 말았다. 태호의 변명에 한참 그를 째려보던 현준은 다시 너털거리며 웃음을 터트렸다.

"아, 알았어, 알았어. 내가 그렇게 생각해드릴게. 하긴 여길 여자랑 데이트 올 정도면 사람 새끼가 아니지. 암."

빈정거리는 현준을 보자 마음속에 누군가 휘발유를 뿌리고 자꾸 불을 붙이려는 것처럼 느껴졌다.

"뭐, 그건 그렇고. 준서는 잘 있죠?"

현준은 준서의 안부를 물었다.

"그래. 잘 있지."

태호가 가볍게 대답하자 현준은 다시 어이없다는 웃음을 안면에 띄우고 말없이 태호를 바라봤다.

"아니, 준서 어깨 다쳐서 힘들어하잖아요. 애가 어깨 부상 때문에 인생에 희망이 있네 없네 하면서 힘들어하는데 아버지란 양반은 잘 있다니. 이게 말이여, 막걸리여."

"아니, 그건 그런데……"

고약하다. 아무리 꿈이라고 해도 이런 상황은 너무 고약하다. 준서의 어깨 부상에 대한 책임이 마치 태호에게 있지 않으냐는 타박처럼 들렸다. 실내 공기가 후덥지근하게 느껴졌다. 영문을 알 수 없는 식은땀이 솟구치기 시작하고, 욕지기가 올라왔다. 태호는 자리에서 일어났다.

"나 잠깐 바람 좀 쐬고 올 테니까 처남은 마시고 있어."

태호는 식당 밖으로 나왔다. 로비 의자에 앉아 있던 여자가 태호를 보고 다가왔다.

"그래, 처남이랑 즐거운 대화는 나누셨나요?"

"즐거운 대화는요, 뭘."

태호는 쓴 입맛을 다시며 로비 바깥으로 걸음을 옮겼다. 로비를 나서자 눈부신 햇살이 쏟아졌다. 눈을 찡그리며 태양을 바라봤다. 따뜻한 햇볕과 꽃향기가 몸을 감싸자 한껏 긴장돼 있던 근육들이 이완됐다.

"그런데 하나 궁금한 게 있는데……"

태호는 여자를 돌아보며 물었다.

"뭔데요?"

"꿈속에서 사람을 죽이면 어떻게 되는 건가요? 꿈이 아닌 현실에서 죽이는 거야 그렇다 치지만 꿈속에서는 사람을 죽여도 상관없는 거 아닌가요?"

태호가 묻자 여자는 깔깔대며 웃었다.

"어머, 이 아저씨 처남을 엄청나게 싫어하나 보네. 왜요? 처남이 죽이고 싶을 정도로 미워요?"

"아니 뭐. 꼭 그렇다는 건 아니고."

태호는 주머니를 뒤져 봤다. 어쩐 일인지 주머니 속에 담배가 있었다. 담배를 끊은 지 십 년이나 지났는데 주머니에 담배가 들어 있다니 꿈속이란 정말 편하구나, 하는 생각이 머리를 스쳐 지나갔다. 태호는 등나무와 칡 나무 덩굴 아래로 가 담배를 입에 물고 라이터로 불을 붙였다. 담뱃잎이 타오르면 메케하게 코로 전해지는 향이 반가웠다. 연기를 훅 빨아들이자 니코틴은 순식간에 태호의 혈관을 확장시켰다.

"아무튼, 그럼 어떻게 되는 거죠? 꿈속에서 누군가를 죽였을 때 말이에요."

"그러면 꿈속에서 경찰에게 쫓기게 되겠죠. 물론 잡히면 감옥에 가고요."

"저번처럼 절벽에서 떨어지거나 해서 죽으면 다시 리셋되는 것 아닌가요? 저번에 나하고 그쪽하고 절벽에서 떨어져 다시 이 꿈이 시작된 것처럼."

"그건 저도 확실히 모르겠어요. 지난번처럼 절벽에서 떨어졌다고 무조건 꿈이 리셋되는 건 아니에요. 절벽에서 떨어져서 심각하게 다쳤는데 꿈이 지속될 수도 있어요. 저라고 꿈속 시스템을 모두 알고 있는 건 아니니까. 꿈속이라고 하지만 팔 부러지고 다리 부러져 감옥에 끌려가면 그것보다 더 최악이 있겠어요?"

여자의 말을 들은 태호는 메인 동 로비 마당을 오가는 관광객들을 멍하니 바라봤다. 담배를 빨아 들이자 니코틴이 몸 안으로 웅비하며 전신의 신경을 한꺼번에 축 늘어트렸다. 태호는 눈을 감고 천천히 고개를 들었다. 사람들이 말하는 소리가 귀에서 웅웅거리며 메아리쳐 들렸다. 천천히 눈을 뜨고 일어나 다시 메인 동 로비 안으로 들어가 매점으로 향했다. 처음 꿈에서는 인적 하나 없던 매점이었지만, 지금 꿈에서는 사람이 너무 많아 발 디디기 힘들 정도였다. 그는 주방용품이 놓여 있는 곳을 찾았다.

"아저씨. 뭐 사려고 그러세요?"

뒤를 따라온 여자가 물었지만 태호는 아무 대답 없이 주방용품 판매대를 향했다. 주방용품 앞에 다다른 태호는 큼직해 보이는 식칼을 집어 들고나와 계산했다.

"설마?"

여자가 태호를 뒤따라오며 물었지만, 그는 칼을 들고 화장실로 향했다. 화장실 칸 안으로 들어간 태호는 식칼을 포장지에서 벗긴 후 바라봤다. 손잡이가 핑크색 플라스틱으로 된 식칼은 날이 잘 갈려 있었다. 허리춤에 칼을 꽂았다. 마침 입고 있는 폴로 티셔츠의 밑단이 길어 뒤춤에 숨긴 칼이 넉넉히 가려졌다. 세면 대에서 물을 틀어 세수했다. 설악산 지하수를 쓰는지 수도꼭지 에서 흘러나오는 물은 유난히 차가웠다. 물에 젖어 거울에 비친 얼굴을 한동안 멍하니 바라봤다. 거울 속에 비친 남자의 모습이 낯설어 보였다. 태호의 기억 속에 저장된 자기 얼굴보다 광대는 더 튀어나와 있었고, 눈은 퀭해 보였으며, 수염은 거뭇했다.

밖으로 나가기 위해 화장실 입구 손잡이로 손을 가져간 순간 누군가 밖에서 강하게 문을 열어젖히는 바람에 문의 모서리가 강하게 태호의 얼굴을 강타했다. 머릿속에서 번쩍, 하고 밝은 어 둠이 명멸했다.

5

　정신을 차린 태호는 어딘가를 걷고 있었다. 사위는 온통 매끈한 어둠이 자리 잡았다. 고개를 들어 보니 커다란 보름달이 하늘에 못 박혀 있다. 태호는 잠시 뒤편에 보이는 바위에 앉아 '후우' 큰 한숨을 내쉬었다. 또 한 번의 꿈속을 지나온 것 같다. 정말 생각하기도 싫은 상황이었다. 해일처럼 일렁이던 마음을 크게 심호흡하며 조금씩 가라앉혔다. 마음이 안정되면서 그는 조금씩 자신에게 화가 나기 시작했다. '왜 화를 내지 못한 거지? 오히려 이죽거리고 화를 낼 사람은 나였는데' 태호는 자신을 질책했다. 처남의 거대한 어깨와 태호의 두 배는 넘어 보이는 허벅지를 떠올렸다. 휘익, 하고 높새바람이 태호를 치고 지나갔다. 강한 한기가 느껴져 몸을 떨었다. 주위를 둘러봤다. 길이 닦인 산책로 아래로 아득한 절벽이 보였다. 시선을 들어 먼 곳을 바라보자 만월에 반짝거리는 동해의 수평선이 보였다. 산책길 왼쪽으로 이어지는 길은 신선봉이었다. 등으로 찌릿, 전기가 지나가는 것처럼 느껴졌다. '젠장, 왜 하필 이곳에 날 갖다 놓은 거야.' 주머니에 손을 넣어 담배를 꺼냈다. 담배를 입에 문 그때 왼쪽 큰 바위 뒤편에서 부스럭거리는 소리가 들렸다. 태호는 천천히 몸을 일으켜 소리 나는 방향으로 신중하게 발걸음을 뗐다. 큰 바위 옆에 한 여자가 등을 돌리고 웅크리고 앉아 있었다.

"저…… 저기…… 여기서 뭐 하세요?"

태호의 목소리는 사시나무 떨듯 떨렸다. 여자는 대답이 없었다. 마른침이 꿀꺽 넘어갔다.

"저…… 저기요. 여기서 뭐 하고 계시냐고요."

그때 갑자기 태호를 향해 여자가 고개를 획 돌렸다. 여자의 왼쪽 얼굴이 완전히 뭉그러져 있다. 비명이 튀어나올 것 같아 급하게 입을 틀어막았다. 그녀는 태호를 바라보며 천천히 일어났다. 얼굴은 뭉그러져 형체를 알아보기 어려웠고, 왼쪽 팔은 뼈가 없이 팔만 붙어 있는 것처럼 너덜거렸다. 태호를 향해 천천히 걸어오는 발도 왼쪽 발목이 완전히 꺾여 있었다. 여자가 다가오자 태호는 뒷걸음질쳤다.

"누…… 누구세요?"

뒷걸음질치는 태호를 보며 여자는 멈춰 섰다. 초록색 원피스는 어디에 심하게 긁힌 듯 여기저기 찢기고 뜯겨 나간 것처럼 보였고, 여러 군데 피가 배어 나와 빨갛게 물들었다.

"아저씨도 여기서…… 죽었어요?"

여자는 간신히 입을 연 것처럼 느릿느릿 말했다.

"네? 아뇨. 아뇨. 저는 여기서 죽지 않았습니다."

태호는 여자의 질문에 빠르게 대답했다.

"그래요?"

여자는 한숨을 내쉬며 고개를 땅으로 떨궜다. 태호는 여자가 무슨 말을 하고 있는지 영문을 알 수 없었다.

여자는 천천히 다시 고개를 들고 태호에게 시선이 닿자 그대로 멈췄다.

"여기서 죽지도 않았는데 왜 여기를 돌아다니고 있어요?"

태호는 한 걸음 뒤로 물러났다. 식은땀으로 온몸이 젖기 시작했다.

"아니 저기, 저는 그러니까, 저도 여기 왜 와 있는지는……"

영문을 알 수 없지만, 태호는 자신이 여기서 죽지 않은 사람이라는 것을 알려야 한다고 생각했다. 여자는 태호를 향해 한 걸음 다가섰다.

"아니, 아니. 이쪽으로 오지 마세요."

그의 말에 아랑곳하지 않고, 여자는 웃으며 태호를 향해 발걸음을 떼었다.

"아저씨. 나, 여기 삼십 년도 넘게 혼자 있었어요. 나랑 같이 놀아요."

태호는 몸을 돌려 신선봉을 향해 뛰었다. 전속력으로 뛰는 와중에 입에서 '으어어어' 하는 신음이 새어 나왔다. 한참을 뛰어 뒤를 돌아보니 여자는 그 자리에 서서 태호를 멍하니 바라보고 있었다. 태호는 다시 계속 뛰었다. 뜀박질을 멈추는 순간 여자가 다시 뒤에 서 있을 것 같았다. 어느덧 신선봉 앞에 다다랐다. 태호는 멈춰서서 헉헉거리며 숨을 골랐다. 그때 신선봉에 누군가 서 있는 것이 보였다. 그는 침을 꿀꺽 삼키며 천천히 걸어갔다. 어쩐지 서 있는 모습이 낯이 익었다. 한 남자가 신선봉 위에 서서 밝은 달빛을 받으며 아득하게 먼 아래 벼랑을 바라보고 있었다. 태호가 다가가자 남자는 고개를 돌려 태호를 바라봤다. 준서였다.

"너…… 너…… 네가 여기 웬일이니?"

목에 뭐가 걸려 있는 것처럼 말이 잘 나오지 않았다. 숨이 차기도 했지만 거대한 지네 한 마리가 목으로 기어들어 와 성대를 마음대로 움직일 수 없도록 방해하는 것처럼 느껴졌다. 태호를 바라보던 준서는 다시 천천히 고개를 돌려 벼랑 아래쪽을 보았다.

"그냥, 엄마가 보고 싶어서요."

무언가 대답하려 했지만, 태호는 적당히 할 말을 찾지 못했다. 천천히 준서에게 발걸음을 옮겼다.

"위험해. 뒤로 물러 서는 게 좋지 않겠니?"

태호는 옆으로 다가가 준서의 어깨에 손을 올렸다.

"이유는 모르겠지만 엄마는 어쩐지 여기서 계속 머무르실 거 같아요."

태호의 말에 아랑곳하지 않고, 준서는 벼랑 아래를 내려다보며 말했다. 태호는 조금 전 만난 여자가 삼십 년도 넘게 머물고 있다는 말이 떠올랐다.

"엄마는 잘 모셨잖아. 기도도 많이 해 드렸고."

준서의 두꺼운 어깨가 느껴졌다. 태호는 준서의 어깨를 만질 때마다 아이가 된 기분이었다. 자신의 얄팍한 어깨와는 비교할 수 없이 단단하고 두꺼운 어깨였다.

"기도 조금 해 줬다고 엄마가 편하게 계실 거라고 생각하세요?"

태호는 아무 말도 할 수 없었다. 이곳에서 일어났던 일을 준서가 알 리 없다고 생각했다.

"잘 계실 거다. 눈 깜짝할 사이에 벌어진 사고였는데 어쩌겠니."

태호는 준서를 달래려 했다. 준서는 아무 말도 없었다. 태호도 말없이 아득한 벼랑 아래를 내려다봤다. 높새바람이 다시 횡, 불어왔다. 그때 준서가 입을 열었다.

"이것도 사고죠."

준서의 커다란 손이 자신의 등을 툭 떠밀어 버리는 것을 느꼈다. '헉' 하고 숨이 멈춰졌다. 태호는 비명을 지를 새도 없이 신선봉 아래 절벽을 향해 곤두박질치기 시작했다.

태호는 식은땀을 흘리며 우와아악! 비명을 지르며 일어났다. 온몸에 오물을 뒤집어쓴 것 같은 불쾌한 기분이 전신을 감쌌다. '이 꿈속은 정상이 아니다.' 태호는 생각했다. 기억하기 싫은 일, 마주하기 싫은 사람만 연달아 나타난다. 주위를 둘러봤다. 리조트 내부에 들어와 있는 듯했다. 김치찌개 끓이는 냄새가 가득했다. 주방 쪽에서 뭔가 보글보글 끓는 소리가 들렸고, 통통 도마를 쓰는 칼소리도 들렸다. '아내와 마주쳤던 시점으로 돌아온 것인가?' 태호는 주위를 둘러봤다. 이번에는 정신 바짝 차려야 한다. 지난번처럼 허망하게 살인 누명을 뒤집어쓰기 싫었다. 식탁 위에 계란찜과 각종 나물 무침이 잔뜩 올라가 있었다. 주방에서 요리를 하는 사람은 그의 어머니였다.

"얘, 무슨 꿈을 그렇게 지독하게 꾸니? 네가 요즘 몸이 많이 허해졌나 보다."

어머니의 목소리를 듣자 온몸에 힘이 쭉 빠져나갔다. 태호는 소파 등받이에 몸을 축 늘어뜨렸다.

"어이구, 애가 아주 반쪽이 됐네. 반쪽이 됐어."

어머니를 마주하자 태호는 저도 모르게 눈물이 흘러내렸다.

"그러게 내가 끼니는 항상 제때 챙겨 먹고 몸 관리 잘하라 그랬잖니. 네 꼴 좀 봐라. 이게 사람 모양새인지."

태호는 소파에서 일어섰다. 이 꿈은 악몽만 되풀이되는 게 아니었을까? 천천히 어머니에게 다가갔다. 그리고 어머니의 어깨를 잡았다. 어깨는 마른나무 가지처럼 앙상했다. 그는 뒤에서 어머니를 껴안았다.

"아이구, 이눔이 징그럽게 왜 이래."

어머니는 칼질을 멈추고 가만히 서 있었다.

"밥 다 됐다. 어여 식탁에 앉아."

흐르던 눈물은 어머니를 안자, 제방이 터진 것처럼 감당하기 힘들 정도로 쏟아지기 시작했다.

"어머니, 저 사는 게 너무 힘들어요."

"안다. 알아. 그러니까 그만 울어. 그러게 내가 뭐라 그랬냐? 준서 애미는 애초에 네 짝이 아니라고 내 얼마나 반대했어? 옴팡눈에 옥니박이는 어떤 방법이 됐던 지 서방 잡아 먹고 만다. 어쩌겠니. 네 팔자가 그 모양이고, 이미 벌어진 일인데. 뚝 그쳐 사내자식이."

태호는 식탁에 앉았다. 어머니는 계란과 양파를 볶은 요리를 마무리하고 있었다.

"마음 단단히 먹고, 누가 뭐래도 그건 사고였다고 우겨야 한다. 알았니?"

어머니는 태호의 얼굴을 보고 말했다. 태호는 말없이 고개를 끄떡거렸다.

"세상천지에 원 콩가루 집안, 콩가루 집안 말만 들었지. 내 사돈댁에 그런 콩가루 집안이 걸릴지 상상도 못 했다."

어머니는 완성된 반찬을 식탁 위에 올려놓고 밥을 펐다.

"많이 먹어라. 많이 먹어. 내 새끼 볼이 길고양이 볼때기 마냥 오목하구나."

태호는 김이 모락모락 올라가는 밥을 떠 입에 넣었다. 어머니의 김치찌개에 수저를 가져갔다. 목젖으로 넘어가는 김치찌개의 맛에 온몸 세포들이 환호성을 터트리는 것처럼 느껴졌다. 우걱우걱 밥을 씹는 와중에도 눈물은 하염없이 볼을 타고 흘렀다. 어머니는 태호 맞은 편에 앉아 웃는 얼굴로 태호를 보았다.

"눈치챘겠지만 여기 오래 못 있는다. 지금도 아주 힘들게 간신히 들어온 거야."

태호는 커다래진 눈으로 어머니를 쳐다봤다.

"뭘 놀라니? 이미 다 알고 있는 것 아니었니?"

밥을 잔뜩 입에 문 태호의 입이 일그러졌다.

"어여 먹어. 먹으면서 들어. 이것도 업보니까, 네 업보 네가 받아들인다고 생각하면 된다. 하나만 명심해라. 가짜가 진짜인 척 행세하고, 진짜가 가짜처럼 보이는 세상이다. 알겠니?"

태호는 밥을 입에 잔뜩 넣은 채 영문 모를 눈빛으로 어머니를 바라봤다.

"지금 네가 할 일은 실상과 허상을 가려내는 게 중요한 게 아니다. 그것보다는 네 가슴을 짓누르고 있는 돌덩이를 치우는 게 훨씬 더 중요해."

"돌덩이요?"

기계처럼 되물었다. 돌덩이라니, 무슨 말씀을 하시는 걸까? 설마 부모에게도 말하지 못했던 마음속 트라우마를 어머니가 알고 계셨던 건 아닐까, 생각했다.

"여기서 탈출하는 게 능사가 아니란 말이다. 여기서 탈출하면 뭐 하겠니? 그래봐야 실제 삶도 지옥인데. 그렇게 사느니 그냥 네 마음에서 뱀처럼 쫓아다니며 널 괴롭히는 악몽들을 지워."

태호는 어머니가 어디서부터 어디까지 알고 하시는 말인지 궁금했지만, 사유를 물어볼 수 없었다. 그때 화장실에서 우당탕, 무언가 떨어지는 소리가 들렸다. 그는 소리의 정체를 확인하기 위해 자리에서 일어섰다.

"아니다, 애야, 소리 난 건 신경 쓰지 마라. 그냥 밥이나 먹어."

태호는 어머니를 잠시 보다 다시 화장실로 발걸음을 옮겨 문 손잡이를 돌렸다. 화장실은 텅 비어 있었다. 분명 대야나 바가지가 떨어지는 소리가 났지만 그런 플라스틱 제품은 흔적도 없었다. 태호는 고개를 돌려 식탁 쪽을 바라봤다. 어머니는 흔적도 없이 사라졌다. 태호는 '어머니, 어머니' 소리를 지르며 빌라 내부를 뒤졌지만, 어디에도 어머니의 모습은 보이지 않았다. 허탈한 마음으로 식탁에 앉았다. 어머니가 차려놓은 밥상은 단출하지만 모두 그가 좋아하던 음식들이었다. 눈물이 비처럼 쏟아졌다. 하염없이 흘러, 흘러내리는 눈물이 어쩐 일인지 아주 끈적하다고 느꼈다.

6

　태호의 눈앞에 다시 낯선 풍경이 펼쳐져 있었다. 넓은 호수
가 보였다. 리조트 입구에 자리 잡고 있는 호수를 낀 산책로인
듯했다. 리조트를 오가며 항상 호수를 봤지만 산책로를 내려와
본 적은 없었다. 호수는 짙은 초록색을 띠고 있었다. 멀리서 봤
을 땐 제법 아름다워 보였지만 가까운 곳에서 보니 가장자리는
물이끼가 잔뜩 끼어 있었고, 녹조도 심했다. 태호는 나무로 만
들어진 벤치에 앉아 있었다. 그리고 옆에는 누군가 태호와 나란
히 앉아 호수를 바라보고 있었다. 노년의 신사는 검은 턱시도와
밝은 아이보리색 패도라를 쓰고, 손에는 지팡이를 잡은 채 땅
에 지지하고 있었다. 해가 넘어가는 시간인지 사광이 황금색으
로 빛났다. 태호는 또 하나의 꿈을 건너왔다고 생각했다. 리조트
는 정적에 휩싸였다. 바람도 불지 않았고 새소리도 들리지 않았

다. 태호는 잠시 숨을 골랐다. 방금까지 눈물을 뚝뚝 흘리며 울어 댔지만, 얼굴 어디에도 눈물 자국은 없다. 그는 몸을 숙이며 한숨을 훅, 내쉬었다.

"그래, 어떤가? 드림 빌라 리조트가 마음에 드나? 아무쪼록 마음에 들었으면 좋겠구먼."

노신사는 여전히 호수를 바라보며 말했다. 태호는 말없이 그를 바라봤다.

"이 리조트는 말이지. 내 젊은 날 모든 희망이 들어가 있는 리조트라네. 나는 드림 빌라 리조트 외에도 수없이 많은 사업을 벌였지만, 드림 빌라만큼 애정을 품었던 사업은 없었다네. 내 인생도 여러 가지 풍파가 있었지만, 이곳 하나만큼은 내가 끝까지 지켜냈지."

태호는 노신사가 무슨 말을 하는지 말없이 듣고 있었다. 바지 뒤춤을 슬그머니 만져 봤지만 칼은 만져지지 않았다. 앞주머니를 더듬어도 담배는 없다. 담배가 없는 걸 확인한 태호는 씁쓸한 미소를 지었다.

"어르신이 이 리조트 주인이십니까?"

노신사는 대답 없이 빙그레 웃어 보였다.

"나는 이 사업이 좋았다네. 사람들은 드림 빌라를 좋아하고 행복해했어. 물건을 팔아 돈을 버는 사업과는 조금 달랐지. 행복과 추억을 판 것이라고나 할까? 그게 아주 마음에 들었다네."

태호는 호수 주위를 찬찬히 둘러봤다. 말을 타고 있는 어린아이 동상은 팔은 떨어져 나가고 말 앞다리 한쪽도 깨져 있었다. 태호가 앉은 의자와 조금 떨어진 곳에 놓인 의자도 세월의 무게에 짓눌려 삭아 있거나 색이 바래져 있다.

"혹시 제게 드림 빌라 초대장을 보낸 게 어르신인가요?"

태호가 묻자 노신사는 너털너털 웃었다.

"글쎄? 정확히는 고객 사업부에서 보냈겠지. 설마 그걸 내가 보냈겠나?"

"아니 그러니까 제 말은, 발송이야 고객 사업부에서 했겠지만 어르신이 지시하거나 그러지 않았냐는 이야기입니다."

"아닐세, 나는 지시 같은 것도 하지 않았네. 다만 허락만 했을 뿐이네."

태호는 여차하면 손에 쥘 수 있는 무언가가 주위에 있는지 확인해 봤다. 벤치에서 조금 떨어진 곳에 쓰레기가 지저분하게 잔뜩 쌓여 있었고, 유리로 된 빈 소주병이 몇 개 보였다. 타격을 가할 수 있는 돌덩이 같은 건 보이지 않았다. 그러다 문득 노신사가 손에 쥐고 있는 지팡이가 눈에 들어왔다. 지팡이는 단단해 보였지만 노인들이 짚고 다니는 제품이라면 아주 가벼운 소재일지도 모른다고 생각했다. 여차하면 언제든 물리적 공격을 가해 지팡이를 뺏을 수 있을 것이다.

"지시하셨던, 허락하셨던 아주 고약한 일을 벌이고 계시네요."

태호는 퉁명스러운 말투로 대답했다. 이 노신사가 몽귀일까? 지금은 어떤 가능성도 배제할 수 없다. 태호는 또 여자가 나타나 주지 않을까 하는 기대를 가지고 주위를 둘러봤지만 아무런 인기척도 없다.

"고약한 일이라니 이 사람아. 다르게 생각해 보게. 어떻게 보면 자네가 평생 짊어지고 가야 할 트라우마를 해결해 줄 수 있는 고마운 기회일 수도 있겠다는 생각은 안 드나?"

노신사는 단호한 목소리로 말했다.

"무슨 소리입니까? 이게 감옥에 갇힌 것과 뭐가 다른 건데요? 그것도 평생 기억에서 지워 버리고 싶은 상황들로만 가득 채워서 벌어지고 있는 상황에 제가 고마워하기라도 해야 한다는 얘기입니까?"

태호는 발끈하며 말했다. 그의 날이 선 반응에 노신사는 껄껄 웃었다.

"아닐세. 이 친구야. 뭔가 잘못 생각하고 있는 것 같은데 우리가 자네를 가둔 게 아닐세. 우리는 자네가 무의식적으로 도망 다니고 있는 그 문제를 해결할 수 있는 공간을 마련해 주는 것뿐이라네. 초대장 발송은 우리가 했지만, 애초부터 그런 초대장을 원한 건 자네야."

태호는 말없이 노신사를 바라봤다. 지금 그는 스스로 몽귀임을 당당하게 밝히는 건가? 머릿속 생각들이 실타래처럼 엉키는 기분이었다.

"저는 그따위 초대장을 원하지 않았습니다."

태호는 노신사를 노려보며 말했다. 태호의 목소리에 분노가 실리자 노신사는 천천히 고개를 돌려 태호를 보았다.

"그런가? 그래. 자네는 현실에서 초대장을 받았다고 생각하고 있는 건가?"

태호의 눈이 커졌다. '이 영감이 지금 도대체 무슨 말을 하고 있는 거야?' 집으로 날아온 초대장 봉투를 찢던 순간이 떠올랐다. 반짝이는 펄이 조금 들어가 있는 두꺼운 크라프트지의 감촉까지, 기억이 생생했다.

"우리는 말일세. 드림 빌라 리조트를 방문해서 좋은 추억을 남기고 간 고객들을 사랑했다네. 그런 고객들은 문제가 아니지. 오히려 그들은 소중한 추억을 남길 수 있었던 드림 빌라 리조트에 항상 고마운 감정을 가지고 있으니까. 문제는 이곳에서 악몽 같은 기억을 가지고 있는 사람들이지. 물론 그게 우리 탓은 아니네. 우리에게 도의적 책임이 있다거나 마음에 짐이 된다거나 그런 문제는 아닐세. 그건 문제를 일으킨 개개인의 문제겠지. 하지만 우리는 그 사람들에게 마지막 기회를 주기로 했네. 최소한 평생 가슴 속에 짊어지고 갈 악몽에서 스스로 벗어날 수 있는 기회는 한 번 줘야 하는 것 아닌가 하는 판단에서 비롯된 걸세. 물론 그건 스스로 해결책을 찾아냈을 때 이야기겠지만."

무슨 말이라도 해야 할 상황이었지만 무엇을 질문해야 할지 판단 할 수 없었다. 머릿속에 '설마, 이 양반이 오래전 이곳에서 내가 벌인 일을 알고 있나?' 하는 생각만 가득했다. 만일 알고 있다면 몽귀가 확실하다. 태호가 벌였던 일을 알만한 사람은 존재할 리 없다. 당시 신선봉에 CCTV가 없다는 건 몇 번이나 확인했다. 설령 그때 그곳에 CCTV가 있었다면 모든 게 사고였다는 태호의 거짓말이 경찰에게 통할 리 없었다. 태호는 벤치에서 천천히 일어나 뒤편에 잔뜩 쌓여 있는 쓰레기 더미로 천천히 움직였다. 노신사는 그의 움직임을 신경 쓰지 않고 여전히 호수를 바라보고 있었다. 태호는 쓰레기 더미 위에 뒹구는 빈 소주병을 천천히 집어 들었다. 술병을 등 뒤로 감추고 노신사 뒤편으로 발소리를 죽이며 걸어갔다. 노신사는 태호의 움직임에 전혀 신경 쓰지 않았다. 태호는 그의 뒤에서 소주병을 높이 치켜들었다.

7

사람들 웅성이는 소리에 태호는 잠에서 깼다. 햇살은 머리 꼭대기에서 그의 얼굴에 따가운 가시광선을 무자비하게 낙하시키고 있었다. 태호는 실눈을 뜨고 태양을 바라봤다. 메인 동 앞 벤치였다. 많은 관광객이 북적거리며 지나갔다. 메인 동 입구에 원피스 입은 여자가 계속 밖을 두리번거리다 태호를 발견하자 부리나케 뛰어왔다.

"어디 있었어요? 여기저기 꽤 많이 돌아다니셨나 보네?"

태호는 '후우' 하고 한숨을 내쉬었다. 목이 타들어 갈 것 같은 갈증이 느껴졌다. 간단한 음료라도 마시기 위해 메인 동 매점을 향할 심산으로 일어났다.

"아저씨. 어디 가시게요?"

여자는 태호의 팔을 잡고 물었다.

"아, 목이 말라서요. 물이나 한 잔 마실까 해서요."

"저 안으로 들어가면 안 될 것 같아요. 다른 데로 가요."

"네? 왜요?"

"아까 아저씨 처남이라고 한 사람 있잖아요. 지금 저 안에서 고주망태가 돼서 소리 지르고 난리예요. 누군가 찾으면서 심한 욕도 막 하는데 아무래도 아저씨한테 하는 욕 같던데요?"

태호는 목덜미에 찌르르하게 전기가 흐르는 것 같았다. 손을 돌려 뒤쪽 벨트를 만졌다. 플라스틱으로 된 식칼의 손잡이가 손에 느껴졌다. 온몸의 솜털들이 비명을 지르며 일어섰다. 태호는 다시 벤치에 털썩 주저앉았다.

"일단 아저씨 처남이라는 사람이 이쪽으로 나올 수도 있으니까 다른 데로 자리를 피하는 게 어때요? 그 아저씨 덩치도 그렇고 보통이 아닐 거 같던데?"

태호는 여자를 천천히 바라보며 물었다.

"그런데 하나 묻고 싶은 게 있습니다."

태호의 뜬금없는 질문에 여자는 동그랗게 눈을 뜨며 태호를 바라봤다.

"뭔데요?"

"아가씨가 지난번 여기 두 명이 잡혀 있었다고 했잖아요. 한 명은 지금 감옥에 가 있는 상황이고."

"그렇죠."

"그럼 두 번째 사람은 어디 있나요?"

"그…… 글쎄요. 뭐, 어딘가에 있겠죠. 갑자기 왜 그런 걸 물어보고 그래요."

여자의 목소리는 날이 서기 시작했다.

"어딘가에 있다니요? 그럼 아가씨가 정확히 알고 있다는 소린가요, 모르고 있다는 소린가요?"

태호는 여자의 눈을 똑바로 쳐다보며 물었다. 여자는 태호의 시선을 피했다.

"저도 잘은 모르겠는데 첫 번째 아저씨가 말해 줬어요. 다른 한 명이 더 잡혀 있다고."

"첫 번째 아저씨는 감옥에 가 있다면서요?"

태호의 목소리 톤이 점점 올라가자 오가는 관광객들이 힐끔거리며 태호와 여자를 훔쳐보며 지나갔다.

"감옥에 가기 전 말했겠죠. 여기서는 꿈이 뒤죽박죽이라 시간과 공간이 아무 의미 없어요. 왜 그걸 나한테 따지고 그래요?"

"그럼 지금 아가씨가 내게 말했던 사실들을 어디까지 믿어야하는 거죠? 몽귀에 관한 말이라든지 몽귀를 죽이면 이 꿈에서 풀려 날 수 있다는 이야기라든지……"

"어머, 별꼴이야. 어려움에 처한 사람 기껏 힘들게 도와줬더니 이제 봤더니 날 의심하는 거예요?"

여자는 태호의 질문을 앙칼지게 받았다. 그는 문득 여자의 말투가 어쩐지 많이 낯익다는 생각이 들었다. 목소리는 다르지만 분명히 낯익은 말투였다. 저 톤, 자신이 불리해졌을 때 무작정 화를 내며 우기고 보는 성격. 여자를 더 궁지로 몰면 칼처럼 위험한 물건을 들고 자해하거나 위협을 가할 수도 있겠다고 생각했다.

심장이 터질 듯 세차게 방망이질했다. '왜 여태까지 눈치채지 못한 거지?' 태호는 말없이 여자를 보았다. 팔짱을 끼고 태호의 눈을 외면한 채 먼 산을 보고 있던 여자는 힐끔 태호의 표정을 살폈다. 온몸이 덜덜 떨려오기 시작했다.

"아저씨. 내가 제일 싫어하는 게 뭔지 알아요? 이유 없이 오해 받는 거예요. 내가 잘못하지도 않았는데 쓸데없이 오해하거나 그러면 죽이고 싶을 정도로 미워진다고요."

여자는 작정한 듯 태호를 몰아세웠다. 그는 온몸에 힘이 빠져 털썩 다시 벤치에 주저앉았다. 피가 발바닥을 통해 땅 밑으로 순식간에 다 빠져나가 버린 듯한 느낌이었다. 태호는 몸을 앞으로 웅크리고 손으로 얼굴을 감싸 쥐었다. 얼굴은 식은땀으로 범벅이 되었다. 자신의 인생이 어디서부터 어긋나 버렸는지 생각했다. 인생을 생각하자니 계획 없이 잡히는 대로 마구 쌓아 올려 삐뚤빼뚤하게 올라간 레고 블록이 생각났다. 때가 되어 하나하나 조립해 올리긴 했지만, 색깔은 제각각이고 모양은 기괴하다. 그런 생각이 들자 갑자기 웃음이 터져 크게 웃기 시작했다.

여자는 갑자기 큰 소리로 웃기 시작하는 태호가 당황스러웠는지 아무 말도 못하고 옆에서 바라보기만 할 뿐이다. 한참을 웃던 태호가 여자를 바라봤다.

"왜…… 왜요? 이 아저씨가 갑자기 왜 이래."

태호는 여자를 보고 씨익, 웃은 후 자리에서 일어서 하늘을 바라봤다. 하늘은 구름 한 점 없이 깨끗하고, 태양은 자연석 크리스털을 아끼지 않고 뿌려 대는 듯했다.

"아무리 꿈속이라도 이런 날씨만 이어진다면 나쁘지 않을 것 같아요."

태호는 여자를 보며 웃는 얼굴로 말했다.

"네? 지금 무슨 소리를……"

여자의 말이 끝나기도 전에 태호는 메인 동 안으로 뚜벅뚜벅 걸어 들어갔다. 메인 동은 여전히 수많은 관광객들이 웃으며 오가고 있었다. 열려 있는 메인 홀에서 통기타 가수의 노랫소리가 흘러나왔다. 태호는 바지 주머니에 손을 넣어 담배를 천천히 꺼내 한 개비를 입에 물었다. 한 모금 빨아들인 후 후우, 하고 깊게 숨을 내쉬었다. 급작스럽게 공급되는 니코틴에 혈관들이 환호성치기 시작했다. 얼굴에 웃음이 번졌다. 태호가 메인 로비에서 담배를 피우자 사람들이 웅성거리며 그를 바라보기 시작했다. 태호는 담배를 입에 문 채 천천히 식당 쪽으로 발걸음을 옮겼다. 식당에는 여전히 많은 사람이 복작거렸다. 그리고 입구에서 멀지 않은 테이블에는 현준이 엉망진창으로 취해 고래고래 소리 지르고 있었다. 태호는 현준을 향해 천천히 걸어갔다.

"어? 어라, 이런 썅. 술 처먹다 어디 도망간 줄 알았더니 용감하게 또 왔네?"

식당으로 들어온 태호를 보자 현준은 손가락질하며 말했다.

"햐, 씨발, 우리 매형 이제 봤더니 졸라게 용감한 인간이었구만. 하긴 용감한 인간이지, 암."

현준은 비틀거리며 테이블에서 일어났다. 태호는 현준을 바라보고 빙그레 웃었다. 팔을 허리 뒤로 돌려 허리춤에 차고 있던 식칼 손잡이를 잡았다. 반들반들하고 단단한 손잡이 감촉이 기분 좋게 느껴졌다.